鯨滅

陳建佐
Chazel
——著

獻給

柏翰，沒有你的時相討論，這本書無法出現。

典毅，沒有你的玩世不恭，這本書無法完整。

語宸，沒有妳的不離不棄，這本書無法完成。

目次

第一日

神說，要有光，就有了光。

*

天還沒全亮就醒了。

投影在牆上的數字顯示05：04，旁邊貼著李典毅送我的海報，鮮紅R字詭異刺眼，不應該貼在那裡的，找時間換個位置吧，我闔起眼，睜開，闔起，再睜開。

05：05。

我瞇起眼又確認了一次，確實是05：05。

可惡，只過了一分鐘。

似乎已經完全脫離閉上眼就能一覺到天明，或是稍微瞇一下半天便憑空消失的人生階段，好久沒有好好睡上一覺，難道這就是長大的感覺嗎？真可惜，原以為今天能睡得更晚一些。

大抵是生活模式逐漸交替轉換的過渡期，我想。

人的生理時鐘很奇妙，只要連續幾天作息和之前不一樣，便能夠改變過去好幾個月甚至好幾年來的習慣，適應全然不同模式的生活，如同大學時期那個時區和我們不太一樣的室友所說：「想要跟我一樣？很簡單，連續熬夜三天，你晚上就想睡也睡不著了。」

好像真的是這樣，而且何時該睡何時該醒，全憑大腦裡頭那塊自主意識搆不著的部分恣意操控，沒有切換開關。

大腦想怎樣就怎樣。

好吧。

不過這樣說似乎不全然是對的，因為大腦必須透過學習外在事物來逐漸構築自我，服從指令也包含在學習的過程之中，只要在某個時機種下了服從的種子，蹦！從此之後大腦就可以輕易對全身發號施令——「再不睡覺就要被班長幹飛了！十點半了快睡快睡！」、「現在不能睡，理化老師很機車，會被處罰加羞辱！」、「遊戲再玩一場就好，明天不用上班，可以多睡一點！」……

連續幾次下來，身體學會服從大腦，自然而然能夠習慣不一樣、甚至完全相反的生活作息。這種事情有時還滿讓人困擾的，例如現在，沒有工作的我卻一大清早就從床上清醒過來，面對茫然未來。

真荒謬，也不想想現在是西元幾年了，科技卻還是沒辦法澈底掌控大腦，難道沒有什麼晶片可以植入體內，一按按鈕便可以進入熟睡狀態，再按一次馬上無比清醒的機器嗎？

翻身，棉被包裹頭頸，腦袋和往常一般亂糟糟，耳邊甚至再度響起幻聽，過去幾天諸多惱人症狀之一，毫無生氣的難聽起床號。

之前聽裡面弟兄說，我們爺爺年輕時這首起床號就存在了，應該要報名金氏世界紀錄，項目就寫喚醒最多中華民國男人的一首歌之類的。

順道一提，歷經無數次政黨輪替，台灣還是沒有獨立。呵。

外頭仍暗得要命，阻隔沙塵的窗戶設計將光線也一併遮去，雖說本來就不奢望出現什麼劃開雲層的晨曦之光照耀城市，但還是讓人提不起勁離開床鋪，一點也不想好好生活。

天花板上的蟲繭牢牢黏在同一個地方，幾個月不見，它似乎仍活得不錯，其實我也不太確定是不是同一隻，甚至不知道那橢圓形的灰黑物體是它的繭還是殼，總之，一隻觸手從灰黑物體尖端伸出，詭異頻率來回蠕動，讓人看了渾身不對勁。

我改換姿勢，側身，別過頭去。

稍微算了算，今天是退伍第八日，過去七天全都處於一片混沌之中，到底做了什麼有意義的事，我其實沒有明確概念，除了在外頭閒晃、和開始工作賺錢的人喬不攏時間敘舊、履歷投了又投、吃媽媽煮的飯以外，大多時間似乎都耗在想東想西焦慮不已裡頭。

當兵就是這麼一回事，尤其是義務役，以保衛國家之名，行扯離每個人固有生活圈之實。等到身心都協調到可以應付繁重且無聊的課程與訓練之後，再告訴你「到此為止，可以滾回家了。」

明明世界各國都已改派機器人上戰場，訓練人們拿槍上前線擋子彈的課程卻還是如此延續，還有詭異規定諸如內務櫃不能放一般衛生紙，平板衛生紙才可以通過檢查；所有拖鞋要擺在鞋板前，對齊地磚縫隙；牙膏擺在鋼杯右邊，牙刷刷頭要斜靠在鋼杯把手之上……繁不及備載，總之都是些寫做規定，念做幹意的事。

「人是活的，制度是死的」這句話，真的應該改為「人是會死的，制度卻永遠存在」。沒什麼好質疑，只要文明續存，制度與條文就不會消逝，更何況也早就過了街頭抗爭的年代，這年頭只有食古不化的老頭還在上街抗議，而且總是徒勞無功，警察甚至不用親身出動，機器人能搞定一切街頭爭端。

科技萬能，文明萬歲。

伸手抓向床頭櫃上眼鏡，拔掉充電線。新式的都已經是無線充電的了，不過這副還堪用，戴上，眨眼叫出行事曆，可惡，我不是關掉自動錄影了嗎？

懸浮視窗中彈出寥寥幾行黑字，我稍稍調高亮度，中午要和柏翰吃飯，還要跟他去什麼自由閱覽室的，沒去過，不知道有不有趣。

05：18。

翻身。

還是起床梳洗一下好了。

*

窗邊的空氣刻度顯示Ａ－，比平時還糟一些，但實屬正常，今天是每周一次的例行清淨日，傍晚空氣品質會好上許多。

刮完鬍子洗完臉，我拆下隨身清淨機的集塵箱，黑灰積聚內部，唰唰唰唰倒進洗手台，扭開水龍頭讓自來水帶走一切髒污，再換上全新香味瓶，前陣子特價時老媽在屈臣氏買的，三罐299，標榜純天然玫瑰花提煉，但有沒有偷摻化學物質其實也無所謂，聞起來都是差不多味道。

外出用面罩是大學剛畢業時買給自己的畢業禮物，雖然是三鼻，但我買不起相應的隨身清淨機，乾脆將右側鼻管拆下來，組裝另一套拋棄式的圓盤濾器上去，左邊與中間鼻管連接機器，窮人有窮人的玩法，大家也都習慣這樣東拼西湊，甚至引以為樂，看能不能變出什麼新花樣。

至於那貼滿貼紙的清淨機雖稱不上高級，卻也還內建超持久電池，和老爸那台每晚必須充電六小時、有時電量顯示還會亂跳的舊型機子相比，簡直是來自另一個世界的產物，級數完全不同。

戶頭裡的錢夠幫老爸換台新的嗎？

我邊想邊連上網路，鏡片彈出帳戶明細，33667，我反覆確認了幾次，不多不少，33667。

還是得先找個穩當的工作，有錢好辦事，辦好任何事。

07：32。

步出浴室時已是這個時間，包括刷牙洗臉拉屎沖澡擠痘痘，整整拖拉了快兩個小時，老爸早已出門上班，老媽似乎還在整理，從主臥室裡隔著門板大聲嚷嚷，要我自己想辦法解決早餐，我稍微在腦中計劃接下來的行程——找間有位置可以坐下的早餐店？

樓下美而美連吃七天以後，幾乎全部餐點都點過一遍了，再吃下去感覺對身體不大好，下一條街有間賣蛋餅饅頭的豆漿店，不，今天不想吃中式早餐，更遠一點好像有間新開的早餐店，騎車過去，之後再直接騎去百貨公司旁的停車場，今天是平日，應該會有很多空位。

嗯嗯，就這麼辦。

定案。

*

機車停在巷弄尾端的大型公共空氣清淨機旁，上頭蓋了張髒兮兮黑布，寫著大大的白色YAMAHA，雖多處剝落，卻還是可以辨識原先字樣。

布是家裡舊鋼琴賣掉時，買家退還給我們的，與其扔掉，不如弄得更破舊一點，拿來蓋我的機車，降低其他人試圖碰觸的慾望，世風日下，沒有買停車位的下場就是隨時處在車子被弄壞刮花的風險之中。

我們家也沒錢多買一個機車車位。

走近，捏住表皮較為完整的邊角輕輕提起，無數粉塵碎皮飛散在原本就汙濁不已的空氣中，我盡可能迅速將黑布摺成小塊，塞進坐墊旁的置物箱，置物箱裡塞了張傳單，R的演出宣傳，不得不說，他最近真的很紅，養了一票死忠粉絲，連我這種剛被放出來的人都有聽過他的音樂，更厲害的是他並不是什麼主流歌手，卻有辦法攻佔主流市場。

好雖好，可惜沒有特別擊中我的心，我比較少聽電子樂，跨上坐墊，倒退出車格。

轉動油門，引擎發出轟隆隆震動聲，現在這種第一代油電混合的飄浮打檔車已經沒什麼人在騎了，在路上甚至會被閒閒沒事的警察針對取締，罪名為排放黑煙破壞地球生態，反觀電動飄浮塑膠車滿街跑，大家口誦省電環保，節能減碳救地球，同時買了一台一台又一台，車滿為患也無動於衷。

安全帽內側響起樂曲，360度環繞音牆，播放清單第一首是血肉果汁機的〈十維度〉，雖然一大早聽重金屬死腔感覺不太健康，不過五十年前的老樂團應該得到相應的尊重。

拉開Q鈕，稍微熱個引擎。

人敢有存在的必要？

我不確定。現在也很少人講台語了，早就列入了幾近失傳的瀕危語言之中，和客語、那十多族的原住民語差不多處境。

打檔，左手輕放離合器，慢慢滑出巷口，鏡片上顯示07：45，上班車潮即將開始湧現的時刻。

應該要晚點再出門的，但既然都已踏出家門，走了幾十公尺，再回去實在麻煩，安全帽護目遮罩自動顯示車流最少的路線，會繞點路，我搖搖頭取消，照著自己腦中規劃的路徑騎去。即便路線預測的錯誤率只有百分之0.02，我還是不想過於依賴電腦，感覺最後會變成什麼都不自己思考的高科技笨蛋。

可誰又不是笨蛋呢？

好問題，說不定就像我們看狗狗，覺得牠們都是可愛小笨蛋一樣，更高級的物種也覺得我們每個人都是笨蛋。

下一題，誰是更高級的物種？神嗎？到底有沒有神勒？

這個切入方向似乎有些微妙……右轉，混入一大群全副武裝的上班族車流中，他們彼此之間保持差不多距離，車身不至於相互觸碰，卻也難以塞進其他車輛。

這樣的潛規則只適用於電動塑膠車之間，相較之下，其他騎士總是與我保持一段距離，可能是因為燃燒煤油噴發廢氣，看起來頗為不祥，也可能是引擎轟隆聲太過吵雜，會影響上班心情。

還有無數頂安全帽上頭貼著R的貼紙，加上車身彩繪，看來他真的很紅，紅到騎車時也可以一起排擠我這個不是歌迷的傢伙——

好吧，開玩笑的，這些都是藉口，我想眾人迴避的主要原因，還是因為許多人打從心底認為油電混合車不僅容易故障爆炸，也是空氣污染的罪魁禍首，離得越遠越好。

保持距離，以策安全。

> 彼利益一直發展一直發展一直破壞，世界一直污染為了資源戰爭。
> 佪就一直降低、降低咱的週率，藉著咱的雙手，來刣咱的母親。
> 今日咱所拄著的一切，那攏無是拄仔好。

吉他與鼓聲轟炸著後腦勺，搭配主唱半唸半嘶吼的獨特唱腔，五十年前生態環境似乎就很糟了，我還為此在網路上搜尋許久，好不容易才找到善心人士備份的官方MV，他父親當年是狂熱粉絲，全身刺青，衣櫃裡只有裝飾鉚釘的黑色衣褲，眼妝深邃，會在演唱會現場咆哮衝撞撒金紙的那種，而且無論大小演出，每部影片都好好珍藏了下來。

永遠戴著豬頭面具的主唱穿著西裝又叫又跳，時而捧腹時而跪地，嗓音刮搔耳膜，其他成員則抱著樂器陷入狂熱狀態，甩頭晃腦。

四人以上的樂團編制現在已經少之又少了，按鈕按下，電腦自動打鼓彈bass，甚至有許多一人樂團，一台合成器搞定所有聲部，還可以身兼設計師，讓電腦幫你畫好樂團logo與所有周邊圖樣。

完全符合最大經濟效益。

前方路口開始回堵，每條趕著上班的大魚小魚在車陣中動彈不得，我放慢速度，學其他人按幾聲喇叭，想辦法切入一旁小巷。

真的是自食惡果，前面塞得要命，好像有台設在路口旁的公共空氣清淨機忽然燒了起來，不應該憑直覺騎車的，電腦在某些方面確實比人腦厲害許多。

放慢速度，打方向燈，被後頭幾輛車猛按好幾聲喇叭後才成功離開主幹道，等在前方的單行道兩側停滿機車，只得騎在道路正中間，到底是逆向行駛的罪比較重，還是違法臨停哩？我對法律一竅不通，大概是出意外時，看是誰先撞別人，觸發事件的那一方會受到比較嚴厲的對待吧！

左轉。

下個路口再右轉就到了，是間叫做維卡的早午餐店，應該是要取wake up的諧音，嗯，無所謂，創意什麼的，老闆高興就好。

你到底當做你是誰？當時欲放遮煞？
尊重生命欲按怎寫，你袂曉我嘛無意外。
嘿！對恁啊，已經無話講。
嘿！對恁啊，心頭真正凝。

對啊，真正凝。

剛好有個空位，離街口有一小段距離，先停車好了，下車立中柱，關閉音響，樂聲斷在最後的樂器收尾處，沒關係，之後還有機會聽。

蓋上黑布，吃早餐。

*

結完帳轉身時，才發現擺滿各種R周邊的櫃檯之後，長得可愛卻冷淡的女服務員是機器人。她的天線隱藏得極佳，就像打在耳骨上的閃亮飾品，微弱綠光閃爍。

如果按照規定，標示機器人身分的天線應該要明顯且突兀，避免發生任何不必要的紛爭，不過上有政策下有對策，加上警察不會嚴格取締，多花點錢就能改裝完成，誰不希望自己能被長得漂亮的人服務？

又多看了她幾眼，左胸口的名牌上寫著小駱，駱駝的駱。

這有點出乎我的意料，她長得像駱駝嗎？大抵不會為機器人取這樣的綽號，畢竟機械只有編號沒有姓氏，又不是什麼情趣機器人，也就是說，其實她是人類？

最近的確有一些人開始將自己打扮成機器人，不過只是些少數走在前頭的傢伙，上過幾次小眾雜誌的特異風格，還沒成為另一種流行。

判別是否為機器人的方法是柏翰教的，除了「規律閃動綠光就是機器人喔」這句作為準則的話語以外，我也說不出其他任何專業術語，得以更詳細的解釋背後原理。

真是失禮，我這個不求甚解卻自詡進步聰明的現代都市人。

帶著連些許也稱不上的愧疚回到座位，大馬路上機車群仍不停流動而過，彷彿永不停歇，順著地上那透明輸送履帶，將每個人送進公司與工廠之中，八小時至十小時後再循著同樣路線，反方向送回住處，日復一日，年復一年，世紀復世紀。

半開放式的店面沒有辦法阻隔髒空氣，不只食物，所有東西會馬上覆滿肉眼可見與不可見的細塵，顧客則會在拔下面罩之後，暴露於健康風險中，真是個爛設計，難怪座位區空蕩蕩，只有我一個顧客。

也有可能今天是平日的緣故，不過可能性不大，純粹是空間設計不良，塞了一堆跟Ｒ相關商品的櫃台和廚房在室內，座位全都在外頭。

可一大早其他能消磨時間的商店都還沒開，餐都點了，我也沒地方可去。

無業人士的煩惱。

意思意思拍拍椅墊，拂去桌面灰黑粉塵，背包掛在椅背上，坐下，鏡片顯示ＡＱＩ的部分壞掉了，大抵不會是多好看的數字，斜前方玻璃門叮咚開啟，小駱端著餐點走了出來。

兩份起司蛋餅加大冰紅。

她並未戴上面罩，手中餐盤上則罩了層透明泡泡。

「餐點到齊了。」

毫無表情，小駱擺好餐盤同時朝桌緣下方伸手，巨大透明氣泡瞬時籠罩滿臉訝異、呆坐椅上的我。

之前在網路新聞上看過，阻隔懸浮微粒用的，沒想到已經普及到這座城市了，也難怪這裡全都是這樣的露天座位，只要張開泡泡，解決一切沙塵困擾。

「謝謝……」

小駱轉身就走。

「呃、不好意思！」我稍稍鼓起勇氣拉大音量，指向保護著餐點的泡泡。

「嗯？」她扭頭，身體沒有完全面向我。

「這個泡泡，要怎麼處理？」

「戳破就好了。」

＊

邊滑手機，吃了一個半小時的早餐，被小駱白眼好幾次，離開維卡後，又到處閒晃了一個半小時。

圓盤濾器大概積了整整半罐灰塵，時間過得飛快，但城市還是跟過往一樣無趣。

百貨公司門口的警衛十一點整才放行，門口舊式機關鐘彈出機械鳥呱呱亂啼，玻璃門後與電梯口、櫃位前每個裝扮嚴謹的女員工雙手交疊骨盆前方，雙腿打直，九成以上是女性，目測年齡層介於二十至五十，等待每個無所事事或尷尬滿溢的顧客經過時整齊彎腰，口誦歡迎光臨。

不太能明白百貨公司要求這麼做的用意，讓顧客賓至如歸？我家……應該說大多數現代人其實並沒有錢請傭人來這麼做，也從來沒有人會想如此莊重的歡迎我這樣的人回家，除了感到渾身不自在以外，似乎一點功用也沒有。

而且她們也大多不是機器人。

在文明如此進步的時代，還維持這種六七十年前難以理解的傳統，要不是所謂上層決策者們腦袋食古不化，就是百貨公司的主打客群不是我。

但嚴格說起來，大白天去書店白看書，的確沒有接受別人畢恭畢敬對待的資格。

我稍稍調整扶手旁的旋鈕，加快上升速度。

手扶梯刷毛緊緊吸附我的髒布鞋，這種防止乘客恍神或身體不適、一時不察向後跌落的設計，好像是近十年來的新產物——我有些難以想像科技不發達的過去，像是隱形眼鏡要自己用手戴，耳機有線，以及飾品沒有內建定位或警報系統的人們到底如何生活，雖然沒有他們就沒有我，但還是不得不佩服他們的堅毅及勤奮。

就連書店也早就成為黃昏產業很久了。

以我的年紀來說，說這些有點微妙，畢竟二十幾年前電子書興盛，圖書事業急速沒落時我才剛出生，存活下來的店家都隸屬於大企業大財團，一半賣精緻文具和筆記本，剩下一半再切成兩邊，勵志書籍以及運動養身，最後才放其他大多數人不感興趣的類型。

聽說最低迷的時候，一天晚上可以倒閉五六十家書店以上，要嘛圖書館將剩下的書籍納入收藏保存，要嘛乾脆直接堆在店裡任人挑選，紙本書籍早就跟不上潮流，成為被時代淘汰的產物。

我還特別去查過資料，書市的走向自那時開始極端化，部分成為富裕人家的收藏品，舊化皮革書封、金箔覆滿書背、人造泛黃效果與各式仿古機關，即便過去未曾出現過這樣形式的書本也無所謂，內容也不甚重要，大綱都附在說明書裡，介紹跟炫耀時約略背誦出來就可以了——其實背不出來也沒差，光是擁有這樣的書就足以光耀門楣。

另一部分則傾銷到育幼院與山區或偏鄉地區各級學校，科技是用金錢堆疊而起的，沒錢跟上那就用最傳統的方式來增加知識或見聞，不過成效似乎也不太好，後續我沒花心思繼續在網路上搜尋，實在過於枯燥，我也記不起那麼多東西。

喜歡書是一回事，能否大量閱讀又是另一回事。

書店在十七樓，改換好幾次方位後才終於抵達門口，百貨大樓角落的角落。

一字排開的影音牆播送各式錄像，紙本書通常都堆在內側，繞過睡眼惺忪的店員，我關閉隨身清淨機，摘下面罩，掛在腰際上。

百貨公司裡的空氣有股淡淡花香，令人身心舒暢。

商業的味道。

姑且不論商業行為俗不俗濫或是道不道德，為了商業行為而做出的努力如果能使眾人感到舒服，應該也要算入外部效益之中，畢竟外頭早就不適人居，對人類有幫助的事物就是好的事物。

穿過兩根懸浮投影柱，紙本書櫃就在另外一側。

這裡的書雖然沒有整理分類，不過數量算多了，幾天前去了別家，除了矯揉造作的愛情療癒文學，什麼都沒留，大部分還都是兩個人寫的，Peter Pan和張東。

似乎無論人類歷史有多長，大眾們愛看的都大同小異，嗯，肯定是這樣。

人真的是聰明的生物嗎？

算了，從最左邊的書櫃開始。

習慣從書名下手，喜歡的挑出來，看看書背簡介或隨意翻動幾頁，層層篩選把關，若是最終克制不住內心慾望，才買回家囤積。

網路癱瘓蟲，是網路世界的一絲希望？抑或是毀滅文明的開端？

它們又是從何而來？

我們能夠駕馭它們嗎？能夠讓網路世界更加完整嗎？

感覺還滿有趣的，《連猴子都懂的網路癱瘓蟲》，可惜文組腦袋還是無法吸收內容，擺放在一旁的是《簡單！輕易上手！鉛筆畫出可愛圖案！》以及《真傳陰山派神符寶鑑》，收錄歷代祖師儀式、咒語、符訣、符膽……

這便是逛書店的樂趣所在。

所有未經整理的紙本塞在一起，喬治歐威爾的《1984》左邊是天才繪師早稻的絕版畫冊，硬殼凸出書架好一大塊，右邊則是《如何玩遍京阪神》以及某個名不見經傳作家的短篇小說《碎片集》。

世界名著《哈利波特》的復刻經典版合起來像塊大石磚，壓著繪本《奶奶乾》和《野狼時代》，再來是《學者之城》、《搖滾樂——狂躁的歷史》、《航向星海的列車》、《圖解世界文化史》、《風的模樣》、《道士》……

指尖順著書名移動，撿出一本不厚也不薄的。

每個人都有自己所需要面對的課題，或許苦痛或許歡欣，但生命總有自己的出路。

而故事永遠不會結束，正如宇宙運行，沒有開端，也沒有終結……

是本叫《莉莉絲》的小書，似乎不怎麼有趣，這年頭還活著就謝天謝地了，誰在意故事結不結束？

低頭，放不進書架的一本一本疊起，必須蹲下側身，才有辦法看見書封上的字，我有些懶，隨手抽了一冊，《來自溫柔之鄉》。

「你必須做出決定，親愛的。即便這事並不是全然因你而起。」

「為什麼？」我出聲質疑，「如果不是完完全全因我而起，那憑什麼要我決定？這樣不就是將所有的責任都推給我承擔嗎？」

「你承擔又如何？不承擔又如何？」艾琳看向我的後方，彷彿那裡站著另一個人。「你就算像個膽小鬼一樣，躲起來什麼也不做，那也是你的選擇。」

「我……」

腦中浮現柯林斯曾經細白修長的腿，以及菲棕紅長髮下的後背與腰臀，艾琳仍抱著胸，眼眸低垂。

「早就知道你是這樣優柔寡斷的廢人了。」她又說。

*

最後還是買了《來自溫柔之鄉》。

作者是莫里西斯，不認識，內頁也沒有附上照片，甚至連是否還健在、哪一國人、什麼性別都沒寫上。

很微妙。

不僅如此，劇情也是以從沒想過的方式展開，第一人稱敘事，男主角周旋在三女一男之間的愛恨情仇糾葛故事。

雖說是三女一男，但名為史奔的男配角其實是高階性愛機器人，偶爾短路時會說些似乎很有哲理的話，稱不上擁有完全的自我，而柯林斯、菲、以及艾琳也各有優點與人格缺陷……或許該算做言情小說？我不能確定，站在角落看了三十多頁，還是搞不太清楚作者到底想要傳達些什麼。

決定帶回家慢慢看。

繞回櫃檯結帳時，店員用異樣的眼光瞥了我一眼，我直勾勾看了回去，這年代還聘雇人力當書店店員，大概只剩百貨公司了，「現在沒有優惠喔。」

「嗯。」

「有要加購我們後面的影音作品嗎？」

「我看一下。」架上播著關於R的紀錄片《逃離與甦醒》、《噗噗星教你每天半小時，成為迷人健康女孩》以及世界經典名著《魔戒三部曲》。

R已經夠氾濫了，現在還多了一個噗噗星……等等，噗噗星到底是誰啊？

「決定好了嗎？」店員似乎強忍哈欠。

「不，不要加購。」

「那總共是兩百九十元，有Happy購或誠品會員卡嗎？」

「有。」我掏出手機，放在櫃台上的透明方框內，綠光沿著線路流動，叮咚搭配震動，戶頭減去兩百九十塊，增加兩點沒什麼用處的點數。

即便滿臉睡意，店員仍俐落用紙袋包好書，雙手遞了過來，我說了聲謝謝，將書塞進身側背袋。

11：49。

還有十一分鐘可以到對街的美式漢堡店Lovzz，將近七十年的老店，第一代至今沒有一個老闆或員工是美國人，這大概叫全球在地化。

也不是因為多有名或美味，只是純粹想吃美式漢堡，剛好我說要去誠品，就近跟柏翰約在那裡。

「安安。」

「咦……？不是約在漢堡店嗎？」出乎意料，一走出書店門口，戴著黑色潮帽的柏翰仍然帥氣，上半身深綠軍外套，面罩掛在右手上臂扣環，另隻手抓著手機，鬍渣根根刺出下巴。

「想說你會在這裡。」

「原來如此，心有靈犀。」

「不是喔。」他斬釘截鐵。

「好吧。」

我們慢慢移動，他似乎邊用手機在搜尋什麼，一起搭電梯下樓，十八層樓的高度僅只花費十秒，接著走一小段地下連通道，三號出口出去就到了。

中途沒聊什麼天，倒也不會尷尬，我們的相處本來就是這樣，有話的時候才說，沒話就當散步休息。

Lovzz招牌幾乎看不出原先字樣，厚重沙塵卡死覆蓋，倒是玻璃門旁的小黑板套上層透明防塵罩，粉筆字跡寫著「平日商業特餐199」。

「商業特餐是什麼？」推門進去時我問道，柏翰稍稍扭過頭來。

「呃……薯條夾漢堡？」

「真的假的？」

「我怎麼會知道呢。」他特意拉長「呢」的音，被我瞪了一眼。

座位靠窗，桌緣點餐小機器一直嘗試與我們搭話，但柏翰話不多，手指點擊介面，選擇經典雙層牛肉起司，我則選商業特餐，「我還是很想知道商業特餐是什麼。」

「不是商業人士點什麼商業特餐。」

「沒有無業特餐讓我點，我也很無奈。」

「笑你，我還是學生。」他歪嘴淺笑，一臉欠揍。

「怎麼沒點延畢特餐？」

「幹。」

「我是有投履歷啦，但是文組的工作不好找。」我說。

「我突然想到那天阿榮密我，問我一件正經的事，嚇死我了。」

「是那個阿榮嗎？」我指的是那個和我們一起出國玩時，事前不做功課、事後抱怨一堆的阿榮。

「對，那個廢物。」

「他問你什麼？」

「他問說福利好的老公司和新創公司要選哪一個。」

「你怎麼回？」

「我說看你想要待多久、下一步要怎麼走、做的東西你哪個比較有興趣……喔，謝謝。」

餐點迅速送上桌面，淺色頭髮的服務生機器人優雅鞠躬，餐盤堆滿薯條，柏翰上層麵包插著黏貼美國三角旗的牙籤，我的只有幾顆白芝麻，同樣夾煎牛排，旁邊搭配生洋蔥圈和沾著水珠的黃綠菜葉，但他的分量足足是我的兩倍。

「完勝。」柏翰說。

「無業特餐，這也是沒辦法的事。」

玻璃窗外忽然下起汙濁雨水，滴滴答答擊打街道，差點忘記今天是例行清淨日，魔法一般的水珠唰唰落下，將所有游離在空氣中的髒污帶離城市，滑進陰暗下水道。

第一階段的清掃正好停止在Lovzz的中間，劃開明顯界線，柏翰那邊清淨無比，而我這兒汙濁不堪。

「等一下是不是要去自由閱覽室？」

*

「自由閱覽室秉持自由、理想、信念三大原則，提供所有閱聽者自由使用搜尋引擎與閱覽全世界所有報章雜誌與書籍，同時開放影音作品借閱欣賞，此為美國學者P.J.Morrison首創，二〇五五年首次引進臺灣之後，由中華民國政府出資興建與營運，採付費會員制……」

「等一下，」我打斷柏翰，他在遠處停好車後走來等我，同時忙著把維基百科的內容唸給我聽，因為我懶得自己查，「付費會員制？也就是說，我們還要先付費辦會員才能進去？」

「嗯……對。」柏翰點頭，繼續看著手機投影出的文字。

「這樣就不算完全的自由了吧？」

「啊？」

「沒錢的人沒辦法進去，所以不是可以自由使用的地方。」我說。

「嗯……」短暫思考後，他終於抬起頭來，「這裡也沒有寫說什麼完全的自由。」

「不是都叫自由閱覽室了？開頭也說秉持自由的原則。」

「就算是這樣，也沒有說到什麼完全的自由，如果真的完全自由，應該會有一堆人進去只看A片吧？」

「對欸。」

「再說，經營這種東西其實很花錢吧？如果要維持一定品質，收錢也是無可厚非。」

「這樣說也是沒錯。」

街道上的空氣明顯乾淨許多，總共三階段的清淨自美麗島站上方架設的巨大機械開始，一圈一圈向外擴張，但成效有限，最遠也只到鳳山附近。

我想起早餐餐盤上的泡泡。

「為什麼沒有那種類似防護罩的東西，罩住整座城市，就不用每個禮拜這樣清洗了。」

「那種東西只有科幻電影會出現啦。」柏翰說。

「是嗎？我好像看過有新聞網站介紹過。」

「內容農場？」

「大概。」路邊停車格依舊擁擠，挪移左右機車好幾次，我才終於把車塞進塑膠車殼與殼之間的空隙，位在舊總圖旁的自由閱覽室和總圖之間有條空中連通道，通道兩側都是咖啡廳和簡餐店，我們就停在通道正下方。

文青的最愛，柏翰邊說邊轉動外套頸部之處的旋鈕，看起來比我安全帽遮陽板還高級的護目鏡自前額收起，身後連帽登時洩氣，從臨時安全帽恢復原本模樣。

「我也想要買一件，帥。」

「帥的關鍵在於臉，不在於外套喔。」

「幹，滾。」我笑出聲，走出通道陰影之外。

自由閱覽室像座白色燈塔，全白柱狀外觀開了幾扇窗，除了連接總圖的空中橋梁，還有其他四五座走道和周圍辦公高樓相接，大概是為了方便這附近的上班族善加利用資源，層層疊疊，像構築到一半的蠶繭。

入口處並不大，透明玻璃門遠遠就感應到我們走近，迅速且無聲開啟，冷氣從裡頭傾洩而出，沖得膝蓋一陣涼意，櫃台在大廳正中央，服務人員白衣白裙搭配白帽，面露善意微笑。

我們走向中央櫃台，臉龐精緻的女服務員耳際天線明顯突出，三盞綠方燈反覆閃爍，「您好，歡迎光臨自由閱覽室，目前正在舉辦覺醒電影周的活動，歡迎踴躍參加。」

我和柏翰有點不知所措。

「請問兩位是第一次來嗎？」

「對。」

「那在入館參觀之前，請先填寫一些相關資料，」服務員伸出右手，檯面上跳出兩座螢幕，一個給我，一個給柏翰，「關於費用的部分是一個月兩百五十塊新新台幣，採月費制，若想取消會員資格，隨時可以跟我們申請。」

兩百五十塊？還算可接受的範圍。

資料要填姓名，出生年月日，身分證字號，手機號碼，戶籍地址……

「地址也要？」

「對，因為有會員冒名濫用閱覽室資源的疑慮，所以我們必須在此處把關，確保其他會員使用時的品質。」

「這個信用卡帳戶帳號跟卡背三碼，嗯……可以付現嗎？」這次換柏翰提出疑問。

「現金的部分可以接受，但是由於我們是會員制，所以為了提升使用會員們使用上的效率，我們比較不會建議這樣做。」

「沒關係，我付現。」柏翰拿出手機感應，逼逼兩聲交易完成，我考慮了一下，也同樣跟進。

「相關資料填寫完畢之後，就可以自由使用閱覽室內所有設施，需要一一介紹嗎？」

「好。」我接過服務員遞過來的三折頁，建築的半透視圖周邊寫滿花花綠綠文字介紹，「一樓是我們的大廳與報章雜誌區，每天提供來自世界各地最新發行的各類報紙與雜誌，若是兩位想找尋過去的資料，閱覽室內存放自一九〇〇年至今所有報章，可至櫃檯申請索取。」

「二樓可由大廳兩側手扶梯或升降梯上樓，為圖書借閱層，若是查無實體書籍，可以申請雲端電子版本，若有飲食需求，二樓與三樓皆有多條連通道延伸至附近大樓，提供各式點心與美食。」

「三樓無線上網區備有兩百五十台桌上型電腦與各式電子產品，除提供高速免費Wi-Fi，同時不做任何搜尋與瀏覽限制，並設有成人專區，保護會員使用上的隱私安全。」

「四樓則是電影欣賞專區，自一八九五至今所有電影全都可以在此處欣賞，分為個人影廳與團體劇院，可先在一樓櫃台——也就是我這裡登記入場，頂樓露臺也可以自由出入，但請切記注意安全。」

「還有任何需要補充的地方嗎？」服務員露出上排亮齒，嘴唇蜜蠟色澤閃爍，「有任何問題都可以提出哦！」

「嗯……先這樣？」

我和柏翰互看幾眼，我們都不是習慣受到過度禮貌對待的人，雖然說這也不能怪機器人，她的程式碼就是這樣編程的，但還是感覺哪裡不太對勁。

「好的，那請將手機擺在這裡，為兩位安裝身分辨識軟體，之後直接用手機感應，就能隨意使用閱覽室內的所有設備。」

「好，謝謝。」

「不會的，」將手機還給我們時，服務員微微欠身，抬眼示意，「恭喜兩位成為自由閱覽室的一員，祝您有個愉快的下午。」

*

之後分頭行動，我稍微在三樓玩個電腦，因為柏翰突然想到他要交微積分作業，時限是今天下午兩點。

我閒著也是閒著，於是看了最近很紅、說自己能看見情緒與意識顏色的詭異少年所拍攝的影片，用二胡和琵琶cover重金屬歌曲的頻道，以及控訴政府漠視空汙問題，主要原因是政府故意不確實處理空氣中的懸浮粒子以製造恐慌、方便控制人民的短片。

很有趣，尤其是最後一個。

主講人的耳罩式耳機架在特製面罩外，面罩中央則大大寫著紅色未乾的R，嗓音低啞怪異，連眼珠也沒露出來，自稱是什麼什麼領袖的——R不只是DJ，也致力於反政府運動嗎？看來當兵的確是過著與世隔絕的生活，跟浦島太郎一樣，一離開軍營，恍如隔世。

我果斷關掉影音平台，研究起等會要和柏翰一起看的電影，西方極樂地獄，聽說最近滿有名的，覺醒電影周的推薦影片，柏翰說想看，感覺是部非常衝突的電影。

當烏托邦變成地獄，該怎麼逃離？

符合所有審核資格，在死後成為西方極樂世界一員的好好先生賽德（傑森道爾飾）原以為能永遠過這幸福快樂的生活，沒想到在領取「機關」發下的專屬榮耀編號80077之後，發現等在自己眼前的，是他生前極力反對的腦部手術，動完手術之後將不再感到痛苦與悲傷，成為真正的「極樂之民」。

本應無異議接受的他忽然意識到這一切都是個巨大騙局，是機關試圖掌控所有居民，使西方極樂世界成員對一切外在事物麻木不仁的可怕方針，因此他決定連夜離開極樂世界，沒想到等在賽德眼前的是一連串……

手機在口袋裡震動不已，螢幕顯示一串沒見過的號碼，不知哪裡打來的，我遲疑了一會，但對方遲遲不打算掛斷。

「……喂？」

「幹，不接電話喔？」

「啊？你是……」

「我李典……啊，等我一下我重打。嘟嘟嘟嘟嘟嘟嘟——」

什麼鬼？我將手機自耳際拿下，手機再度響起，這次有名字，是李典毅。

「喂？李典毅？」

「拍謝剛剛用錯號碼撥給你，這次ＯＫ了。」

「事業做這麼大？你是詐騙集團嗎？剛剛那是怎樣？」

「小意思小意思，之後再跟你解釋。」

「所以……」雖然是周圍沒什麼人，我還是有意識地壓低音量，畢竟這裡的性質和圖書館很像，「什麼事？要約出來嗎？」

「約，都約，反正你很閒。」前幾天有丟訊息問他，典毅還是一樣豪邁，我彷彿能透過話筒直接看到他的一口白牙，「晚上有事嗎？我們去看R。」

「R嗎？」記得沒錯的話，李典毅是R的狂粉，也就是剛剛那個面罩傢伙，「晚上是什麼時候？」

「就晚上啊，當兵當到腦袋壞掉，不會分白天晚上了嗎？」

「我是指切確時間啦。」
「十二點？」
「十二點已經是半夜了吧！」我忍不住反駁，這傢伙每次想的事情都跟別人不一樣。
「十二點也包括在晚上裡面啊！」他回。
「是沒錯，但是一般人的晚上是指六點到十一點之間。」
「那你的中午勒？」
「十一點到一點。」
「所以你的下午就是一點到六點？」
「對啊！你不是這樣嗎？」問這個到底要幹嘛？我在心裡反問。
「那半夜我去你家樓下找你，ＯＫ吼。」
「咦咦？這跟你剛剛確認的有任何關聯嗎？」
「沒有啊，純粹想問，認識認識你，好啦一言為定，先這樣，我去忙一下，晚上見！」
「等……嘟嘟嘟嘟嘟嘟。」
電話就這樣斷了，柏翰正好回來，微微歪頭看著我，發出「嗯？」的疑惑聲，好吧，先看電影，李典毅的事晚一點再說。

第二日

神說，諸水之間要有空氣，將水分為上下。

*

我總是無法做出選擇。這是說到爛的老調重彈，但事實的確如此，每個人都會面臨……不，每個物種都會面臨的問題，只是對人類來說這種抉擇的壓力比較小，大多數人不至於做錯一個決定就橫死街頭，或是成為其他生物的下一餐，我們貴為萬物之靈，已經很幸運了，但是，即便是再小的壓力也還是壓力對吧？

我承認只要每次嘴裡出現這樣的論調，艾琳就會露出鄙夷的神情，像在看垃圾一般，不是那種去倒垃圾時的「反正就只是要扔了、沒用處、眼不見為淨的垃圾」，而是「擋住我的去路了的臭不可聞的垃圾」，她長滿濃密睫毛的眼皮會微微下垂，蓋住眼珠子一半以上的地方，抿嘴抱胸，劈頭一句「你這個廢人。」

成為廢人是自己的選擇我知道，但是選擇也分成自己決定並可以做到的，以及不得不這樣做的，就像史奔——那個天殺的性愛機器人，到底為何會介入我與艾琳之間，這也不是我能決定的，她拿了我的存款，那天我回家就擺在床邊，直挺挺地站在那兒。

我還記得我那時悲憤交加，對著艾琳吼道：「妳怎麼可以做出這種事？」而她只是冷冷地回我：「你如果不高興，就回菲那裡啊！你自己選擇要跟我在一起的，還是你連選擇跟誰在一起都沒有辦法？」

對，我就是這樣的廢人，看似有所選擇，卻一點選擇也沒有。

我闔上書，眼睛有點酸，牆上時間顯示12：12。

傍晚看完電影，和柏翰吃完晚餐就各自分道揚鑣，回家時果不其然被唸了一頓，整天在外頭遊手好閒之類的，也不準備高普考，看看某某人的兒子第一年就考上，誰誰誰的女兒在哪裡工作福利多好，還有那個親戚的誰……

總之我逃回房間，從頭翻起稍早買的《來自溫柔之鄉》，大抵是在講誰擁有選擇權這件事，我不喜歡那個男主角，讓我想起了投水自殺兩次還三次才成功的太宰治，一樣愛小事化大，一樣優柔寡斷廢話一堆。

不過，我們真的是看似有選擇的權利，實際上卻沒有選擇嗎？

信箱還是空蕩蕩的，各間公司一點也沒有要回應我履歷的意思，這或許也算是一種我選擇了他們之後，卻也不代表真正選擇的其中一種狀況，因為實際選擇權在他們手上，我只是商品，他們才是挑選採購的人。

不知為何，我心中竟然有種好險逃過一劫的想法，進公司朝九晚五真的是我想要的嗎？可是，不進公司，我又有什麼一技之長來養活自己？

或許可以自己做做手工藝品去街上擺攤販售，雖然我的手沒有很巧……叭叭叭！

尖利喇叭聲劃破夜晚空氣，我從床上翻身坐起，窗戶拉開一小縫，雖然下午剛清潔過，但治標不治本，現在又開始慢慢變得汙濁了。

「下來喔！」李典毅坐在和身形不太搭嘎的蒂芬妮綠小綿羊上，右眼閃耀綠光，他前陣子在路口被阿婆騎車攔腰撞飛，乾脆將受傷的眼珠換成義眼，不過右手前臂的鋼鐵義肢倒是他自己去手術換掉的，聽說益處多多，待會或許有機會聽他大力推薦。

老實說我還滿佩服李典毅的，科技雖然已經進步到使用機械手臂也能活動自如，但大多數人還是不太能接受，就像刺青一樣，觀感問題佔大多數，有些裝機械義肢的人若是沒有解釋清楚是不是因為意外造成截肢、以及說服他人自己裝上機械義肢的必要性，去面試時還會因為各種詭異理由而喪失錄取機會。

華人社會，亙古不變的潛規則。

「等我一下。」

我跳下床，戴好防塵面罩，啊，忘記清理集塵箱跟圓盤濾器了，大約是半滿狀態，算了，應該還堪用，爸媽早已關燈睡去，客廳只剩神明桌的紅燭燈映照家具輪廓，我盡可能放輕腳步，帶上安全帽，離開家，鎖好大門。
　下樓的廊道昏暗曲折，抓著扶手終於來到一樓，等在門口的典毅右手指尖夾菸，同時低頭看著右手臂投影半空中的影片，霓虹燈閃爍，似乎是某種開在下水道的電子派對。
「嗨，好久不見。」
「當兵好玩嗎？」他問，關掉投影，「要來一根嗎？」
「先不要，你覺得呢？」
「我沒當過啊，十字韌帶斷過啊你忘記了？」李典毅邊說邊伸出右腳，好樣的，看來我們沒見面的這段期間連右腿也換成機械義肢了。
「你竟然連腳都換了？太猛了吧！」
「想說既然都要開刀了，順便。」
「感覺怎樣？」
「你換一下就知道了啊！猛的。快上車。」
「你這台塞得下？」我問。
「上車就對了，廢話那麼多。」
「表演場地在哪？」
「一個超棒的地方。」
「真的？」

「真的啦！剛退伍放鬆一下。」

順著李典毅的話跨上擁擠後座，小綿羊騰空浮起，他迅速掉頭往城市邊陲的方向前進，引擎肯定偷改過，衝得我差點向後翻摔進路旁水溝蓋之上，不得不緊緊抓住他的衣角和後座把手。

街上沒什麼人車，白亮路燈光束中懸浮粉塵一團又一團，幾十年前路邊還有夜市之類的，不過現在都搬到地下去了，李典毅的安全帽系統和我的互相連接，開始播放從沒聽過的微妙歌曲。

And when I think I'm out of the dark
You're pulling me away from the light
Take me where you want me tonight

And let me swoon over you
Let me swoon over you
And there's nothing I can do
So let me swoon over you

Don't you know you're just another heart breaker
Don't you know you're just another heartbreaker?

Just another, just another heartbreaker

heartbreaker, heartbreaker

「這什麼歌？」男人的歌聲仍不停重複，一高一低兩聲道合音，適合這種微涼的夜晚。

「Swoon。」

「啊？」

「Swoon，昏倒、迷戀的意思。」

「沒聽過的說。」

「正常，R之前在直播說過的隱藏版推薦歌曲，老歌了。」典毅沒有減速，直直滑入地下道中，接著右轉穿越鐵欄杆之間縫隙，騎進行人專用通道。照理說應該感到吃驚和緊張，但這種事情由典毅來做卻一點也不違和，包括接下來左彎右拐，最終在乾巴巴下水道停好車，全然不讓人感到意外。

真懷念，自從高中時代過後，就沒有再來過這樣的地方了。

每根大柱子旁皆停著各式車輛，每台明顯都是上路會立刻被檢舉、引來警察關切的那種，擋泥板尖刺喇叭、六管朝天排氣管、雙邊座椅擴充、豪華沙發椅背、舊式砂石車巨輪……李典毅只貼上幾張貼紙的小綿羊頓時相形失色，他沒說什麼，摘下安全帽，帶我往更深處前進。

下水道的演唱會，我還是第一次知道。

空氣伴隨重低音隱隱震動，歡呼聲一波波襲來，我摘下面罩掛至腰際，滿是巨柱的迴廊後是更加寬廣的場地，將近一層樓高的舞台位於正中央，音響層層堆疊，包圍ＤＪ台後的身軀意外嬌小，頭戴面罩耳機，台下眾人鼓譟跳動，重複高喊同一個單字：R。

在這裡搭舞台是合法的嗎？

可惜受到群眾鼓舞的R聽不見我的內心話，下一首舞曲拍子下得又快又急，搭配燈控霓虹亂射，一大片一大片的煙霧朝我們襲來，每個裝扮特異的人都口吐煙圈，肆意亂顫，李典毅狠狠吸入一大口，扭頭對我笑了笑。

「你應該不是那種衛道人士，強烈反對藥物或菸草使用的那種吧？」

「我現在就算說是，應該也來不及了吧？」我反問他。

「對。」李典毅右眼綠光閃耀光芒，擠過十多個陷入狂喜的觀眾，停在另一群風格強烈的人面前，他們靠在舞廳邊角的高腳桌旁吞雲吐霧，桌上滿是酒瓶酒杯以及各式食物，「嘿，我朋友，認識一下。」

「嗨。」我不太習慣這種場面，客套交友一直都不是我的強項，更何況是和看起來來自不同世界的傢伙們。

「你好你好！」

「Helloooo——」

「咳咳咳咳……啊囉哈。」

「來，」一比我整整高兩個頭的壯漢舉起酒杯，連機械義肢上都刻滿圖騰，其餘三人也是，全身上下加起來的刺青跟裝飾遠遠超過我這輩子所見過的數量，我裝作鎮定，接過他遞來的捲菸，「平常有在抽嗎？」

「沒有欸。」

「沒關係，咳咳——你試試看，今天來這裡就是來開心的，先不用吸太大口，讓身體放鬆放鬆。」

「嗯嗯。」

「喂你如果不想抽，說一聲沒關係。」

「沒關係。」我回應李典毅，壯漢伸出手指，上頭是發紅發熱的圓孔。

右手捏濾嘴，低頭，吸氣，白煙順著喉嚨灌進氣管，顆粒感灼燒食道，我忍不住咳了出來，噢，我有一點點後悔，不應該逞強的。

「哈哈哈你吸太大口了啦，等一下會爆掉。」

「爆掉好啊，上天堂——」

「你就放鬆，閉上眼睛，然後去找鑰匙跟門——」

*

這些貨肯定有摻其他東西。

目光所及皆朦朧一片，所有人與物都幻化成塗鴉似的線條與色塊，像是擁有過剩精力一般來回扭動，爭先恐後想爬進我的眼眶之中，即便閉上眼睛、雙手蓋在眼前也阻擋不了它們，我想我有放聲尖叫，但什麼都聽不到，耳道先被過於龐大的寂靜填塞，好幾秒後才破開一道隙縫，流入陣陣低頻震動，地面開始陷落，感覺不到雙膝以下的一切，我癱軟向前、然後墜落、墜落、墜落……黑暗包圍全身上下，像某種纏裹侵蝕黏液的藤蔓糾纏緊絞，我不能呼吸，感覺全身上下一口氣被吸出體外，肺部消失破碎，接著是胃、腸、肝、腎——

然後，我看見了光。

光線穿過指縫直直刺進腦袋，除了某種生物的輪廓之外，我什麼也無法辨識，我無法克制自己呻吟，用力瞇起雙眼，那是條詭異鯨魚，肥厚、躁動、充滿生命力、毫無憐憫……牠張開嘴，將我吸進牠產生的水流漩渦之中，液體漫過全身，我嗆了好大一口，再次失去氧氣，一切都在旋轉、旋轉、不停不停不停旋轉。

耳道的障蔽這時才終於消彌殆盡，細緻卻分量足夠的樂音灌入耳內，我第一次覺得R的電子舞曲是如此神聖不可質疑的存在，就像千百隻發光的手將我自水中拉起，是希望，是救贖，而R站在雲朵之上，身形誇張巨大，微微彎腰，同時朝我遞出右手。

我也用力伸出我的右手，指尖與指尖相觸。

聖光如潮水迅速退去，我這時才真的醒過來，拱著身子跪在地上，臉頰濕透，肩膀無法克制的瘋狂顫抖，有人使勁將我扯離地面，典毅和他的夥伴們高聲歡呼，又笑又跳，我聽不清他們的對話，但不知怎麼搞得，我也想成為他們的一份子。

感覺是發自內心，填滿空虛，真正感到高興的一份子。

「這個這個……這個是什麼妖術？」

「酷吧哈哈哈哈！」李典毅的笑容咧至臉頰兩側，牙齒又白又亮，「你再抽兩口看看，趁燒完之前。」

我照做，這次沒有超乎我想像的幻覺與墜落感，溫暖的血液自心臟出發流遍全身，音樂彷彿永遠不會停止，各聲部清清楚楚排列在面前，這陣子積壓在細胞裡的各種壓力與負面情緒全釋放至空氣中，好久沒有這麼舒暢的感覺了，眼淚還在流，我知道不是恐懼或悲傷，而是充溢過度喜悅的生理反應。

雙腳再度回復氣力，我忍不住又抽了好幾口菸，雖然仍暈眩不已，但不再像第一次那樣誇張，腳尖隨著音樂打拍子，大聲喊著R，原本不怎麼喜歡的歌曲現在首首都是經典，每個現場的觀眾燃燒生命舞動，周圍有浮空的機器快速運轉，瀰漫煙霧逐漸在舞台上空流轉成形，是我剛剛看見的巨鯨，無數白色顆粒匯聚，溶進牠的身軀，牠並不優雅，但臃腫得讓人垂涎欲滴，那是種難以言喻、超越食慾、直接刺激腦部的微妙感受，我的褲襠隱隱突起，腦袋比任何時候脹痛。

典毅身上的汗珠甩到半空，我能清楚看見它們脫離他的肌膚朝我飛來，最後落在我的臉上，又燙又辣，台上的R高舉右手，每個人都跟著舉起手來了，他們脫去上衣，同樣一個散發紅光的刺青出現在所有人背頸、手臂、胸口、腰腹、甚至面頰。

R。

鮮血淋漓的R。

我也想成為他們的一份子。

「李典毅！」我對著他大吼，但音樂遮蓋一切，於是我搖搖晃晃繞到他面前，一把抓住他的肩膀，「李典毅！」

「幹嘛！」雖然是在回應我，李典毅的眼神完全沒有自R身上離開過，他們是全然的狂熱信徒，我知道我跟他們不太一樣，因為我是今天才第一次認識這麼厲害的DJ，但沒關係，他太神了，我也想要那個刺青。

「我也想要刺青！」

「等一下啦！你很急嗎？表演結束再說！」

「要等多久啊！」

「你先喝這個，想一下要刺在哪裡！」一整罐裝滿金黃液體的玻璃瓶塞進我懷中，是沒看過的酒，李典毅的朋友伸出機械手臂幫我拔出軟木塞，酒香濃烈撲鼻，適合現在氣氛。

我沒多想，嘴對瓶口猛灌，熱辣烈酒灼燒喉頭，暖意自心窩擴散，我喜歡這種放鬆的感覺，第一根菸抽到只剩菸屁股，彈熄後隨便亂丟，繼續喝酒，繼續搖晃身子。

急躁重拍過了好久終於舒緩下來，音軌只剩簡單鋼琴伴奏，給觀眾一小段休息時間，也醞釀下一階段的情緒，李典毅和朋友湊了過來，左右簇擁著我，我喝光酒瓶裡的最後一滴，挺起胸膛。

「要刺青了嗎？」我問。

「R超棒的對吧！你之前在當兵，不然早就邀你來了。」

「幹，當兵什麼的都去死吧！」

「哈哈哈就是要這樣！」典毅其中一個長髮朋友的機械手指冒出細針，連接一管紅色顏料，「我的本業就是刺青師，不用擔心刺壞啦，我身上也都有帶必要的器具，儘管放心。」

「這個我朋友Fya，他的刺青在高雄算厲害的，應該是沒有前十名啦，但還是很厲害，大概有三分之一的R都是他刺的。」

「你說三小啦！」

「好啦趁現在趕快刺一刺，後面吧檯那邊有椅子可以坐，看要刺哪裡。」

「你想好了嗎？」

「嗯嗯，」我點點頭，「胸口。」

*

我會後悔嗎？

我在心裡問自己，答案是可能會，也可能不會，說不定是菸的效果讓我不想多加思考，不過R的演出與音樂實在太過銷魂，就算不值，應該也不至於無限懊悔。

他絕對是我的新偶像，相見恨晚。

割線比我想像得還痛，應該是喝了酒的緣故，加上我本身怕痛，只好不斷東張西望轉移注意力，但刺青師Fya動作很快，在我承受不住之前，俐落完成每一道線條，我有點抓不準到底花了多少時間，腦袋感知時間流動的能力早就降到谷底，我擁有的時間似乎極為短暫，卻又彷彿永無止盡。

傷口滲出一點點血，Fya迅速擦去，雖然聽說喝酒會讓皮膚狀況糟得難以刺上圖案，但捲菸使我口乾舌燥，顧不了那麼多，掌中酒瓶空了，就會有填滿液體的新酒杯塞進五指之間，搭配其他人一縷又一縷繚繞煙霧，以及他們帶來的各種食物，我並不餓，但好像連整頭牛也吃得下，且每一口都美味至極，他們邊把食物放進我懷中，邊說這是加入他們的歡迎派對，歡迎成為反抗軍一員。

「反抗軍？」我大口啃著炸雞腿，有些一頭霧水。

「R代表的意思啊！R都說我們是反抗軍，你不知道？」李典毅解釋。

「所以……R同時有兩個意思，指他自己，也指你們？」

「我們。」他們異口同聲糾正，李典毅接著說道，「R原本是他的藝名，然後他說我們也是R，是反抗軍的意思，Rebel。」

「是像歌手稱呼粉絲這樣？」

「不只是這樣，我們是真的要幹大事。」

幹大事？腦中忽然浮現下午等待柏翰期間看到的影片，譴責空氣問題、政府無所作為、反抗軍領袖……影片中的講者面罩上大大的R，外觀造型就和我胸口正在打霧上色的圖案一模一樣。

我不自覺笑出聲，幹大事是指……？

「對啊，要幹一票大的，讓整座城市都成為R的粉絲。」

「聽起來很困難哈哈哈哈哈。」

「超級困難啊，而且我跟你說，為了要增加粉絲，R超級拼命，最近每隔兩三天就會辦一場live，而且還是一整個系列的，每場表演都有相關。」

「咳咳……而且都不收費！」

「都不知道金源是哪裡來的，但這樣才會有更多粉絲啊！」

「你忘記那個什麼氣泡的公司是R的贊助商了嗎？隔開髒空氣的泡泡那個。」

「對對對，那家在國外超有名。」

「不過缺點就是R辦的演唱會都是非法的啦，所以每次都會換地點，大多都是在下水道或廢棄工地、奇妙的景點之類的，有時候也會也街頭快閃，總之就是和那些機掰警察打游擊戰啦！」

「操那些爛法規，這才是R的精神好不好！」

「上次那個辦在哪裡啊，那個公園，勞工……不是，中央公園那場，真的超猛，R的空拍機甚至把警察派來蒐證的擊落，大家笑得超爽。」

「那次超快就被警察抄了，你們還記得之前在龍泉禪寺那個……」

李典毅和朋友們七嘴八舌討論起R，雖然我也覺得R很厲害，但其實沒有非常熟悉他，李典毅的朋友甚至能背出近三個月來所有表演場次的時間、地點、甚至曲目順序，我有些昏昏欲睡，開始吃起一整盒甜甜圈，同時透過人群縫隙，看向仍在舞台上空優游的白鯨。

神識迷亂與腦袋脹痛感消退不少，這次能看清楚牠的細節，就像條真正的鯨魚，頭部附滿各式藤壺，是另一個生活機能完備的國度，大嘴開合，鯨鬚濾過觀眾們的吞雲吐霧，成為自己的養分。

「典毅，為什麼R會選鯨魚當成吉祥物？」趁他們討論暫歇，我藉機插話提問，「照理說如果要反抗，應該不會選這麼龐大的生物作為代表吧？」

「因為鯨魚的食物是蝦米，我們每個人都是蝦米，但我們構成了鯨，成為更具力量的存在。」

「酷——」

李典毅的聲音仍然飄飄然，卻說著這麼正經的話，我除了說酷之外，一時不知該如何回應，他的朋友們紛紛露出讚許神情，喉嚨灌入更多酒水，刺青師在吵雜聲中說了句「完成」，替我貼上一層透明防水薄膜。

手掌大小的字母R印在左胸口，周圍皮膚有些紅腫，但仍比不上圖樣的鮮血淋漓，這樣一來，我也是他們的一份子了，太棒了，就算R對我來說還是十分神祕，但無所謂，我從來沒這樣放鬆過，光想到就覺得高興。

樂曲暫歇，舞台兩側架起極高的機械方柱，投影出橫跨舞台的寬廣屏幕，周遭燈光暗了下來，白鯨遊進群眾之中，所到之處爆出陣陣歡呼，懸浮投影幕上開始閃爍某部電影裡角色打鬥片段，搭配愈來愈激昂的背景音樂，電影畫面很眼熟，我好像在哪看過，逃離烏托邦、審核資格、騙局、腦部手術、專屬榮耀編號80077、極樂之民……

「你有看過嗎？」

「有欸，西方極樂地獄。」

「你有看過！」李典毅露出驚訝神情，像是發現了全新大陸一般，「等等，你竟然知道！我以為只有很少很少人知道這部經典欸！」

「咦，我下午才剛看完，自由閱覽……」

「什麼！是因為要來看R的演唱會，所以先預習嗎？真的好有心！」

「我就知道典毅帶來的人絕對識貨，這部真的神作。」

「那你覺得怎樣，有任何心得嗎？」

「我嗎？」舞台投影出的明顯是剪輯過的片段，不停打鬥、不停逃亡、機關走狗面露邪惡笑容——

「……還不錯？」

「什麼還不錯，是超棒好不好！」他們再次糾正我的失言，鼻子噴氣，「這可是R唯一欽定的電影，放尊重點喔！」

「幹，你不要苛責人家，是要對新人要求多多啦？」

「入團考試啊！」

「考你個頭……咦，鯨魚來了！」

彷彿有意識一般，煙霧構成的白鯨打斷眾人興奮的喋喋不休，緩緩游至我們面前。

「這次這批很濃喔，別太ㄎㄧㄤ嘿。」

我彷彿聽見典毅這麼說道，白鯨高度與我齊平，看不見牠身體兩側的眼，巨嘴開闔，鯨鬚垂盪，頭上藤壺滿布。

下一秒，我被牠大口吸入體內。

*

待我回過神來，馬桶裡裝滿傍晚吃的咖哩飯，周圍瀰漫詭異氣味，胃酸侵蝕著我的食道，又痛又辣，到底發生了什麼事？我怎麼會在這裡？

我能辨別出這裡是廁所，應該是簡易廁所，工作人員臨時搭建的，周圍牆壁塗滿風格強烈的塗鴉和貼紙，天花板寫了個顛倒過來的R，我又吐了一次，嘔吐物從鼻孔一齊湧出，水面浮著滿滿一層油，那些酒該不會是減肥藥酒吧？

幹，有點喝太多了，我真的需要補充一些水份。

手指有點不聽使喚，輕飄飄的，多試了兩三次才打開門鎖，推開，洗手台旁站了個短髮女孩子，這裡是性別友善廁所嗎？我不確定，到底怎麼走來這裡的，完完全沒有印象，腳稍微絆了一下，傾身壓在洗手槽上，顧不了那麼多，雙手捧水，咕嚕咕嚕狂喝猛喝。

自來水有股刺鼻消毒水味，似乎怎麼喝都無法真正止渴，遲遲無法改善口乾的情況，我不確定自己維持這個姿勢多久，有點令人生氣，乾脆連嘴巴也不漱了，吞嚥口腔裡的最後一口，關水，緩緩打直腰桿。

嗯？

鏡子裡除了我，還有剛才那個女孩，我這時才注意到她直勾勾盯著我，像尊雕像動也不動。

好像是我見過的人。

她的耳骨天線綠光高頻閃爍，綁了短髮版的公主頭造型，白衣搭配緊身破洞牛仔褲，腰際則掛著面罩與耳罩式耳機，上頭寫著紅豔刺眼的R。

早餐店，維卡早午餐店，小駱。

她的手指在我倒抽口氣之前揚起，劃過我的左胸，從指甲延伸而出的銀亮尖刺指著我的鼻頭，刀……刀片？她的手是包了層人工皮的機械義肢？我努力站穩腳步，想辦法克制身體發抖的慾望，而她會有這樣劇烈反應，不就代表……

R就是小駱。

幹，到底是怎麼回事？

身形如此嬌小的緣故是因為她是女孩子，而演說跟表演時的低沉嗓音，應該是用了面罩裡的變聲器，但是這麼做是為什麼？為了要誤導所有人嗎……？

「你是誰？是R嗎？」她開口，明顯是小駱的冷淡嗓音，和我昨天早上聽見的並無二致，但她是在問什麼？

「Re……Rebel？」

「是還是不是？」

我看不出她有一絲情緒起伏，冰冷至極，甚至連呼吸也沒有，我第一次遇到這種狀況，已經遠遠超越性騷擾的層級，直接攸關我的性命安危。

雖然我不覺得自己會無緣無故被殺，但這就是重點。我什麼也沒做。

「我是、是啊！我是Rebel。」

「……」

小駱臉上還是沒有任何反應，壓在刀片上的力道似乎微微加重，點上我的鼻頭，我不敢亂動，緩緩抓起衣角往上掀，露出稍早剛刺上的紅艷圖騰。

方才她突如其來的那一下揮砍似乎有劃傷我的皮膚，刺痛感在衣料摩擦下更趨強烈，固定透明薄膜的膠布左右拉扯，隱隱作痛，不知是汗還是血的液體滑過左腹，我沒有勇氣低頭看，盡可能故作鎮定，平穩胸口起伏。

「好，那你為什麼會出現在這裡？」

「我……我也不知道，我被鯨魚、那頭白鯨選中，醒來就在這裡吐了。」

「第一次抽嗎……」我不知道她在說什麼，但她的雙眼垂了下來，彷彿陷入沉思，接著收回右手，同時將刀片藏回指甲之中，「離開，現在立刻。」

「好……」我肯定喘了好大一口氣，似乎剛好說出了正確回應，謝天謝地。

「你在這裡誰也沒遇到，記住了，誰也沒遇到。」

「好。」

「你現在看到的，都不會繼續存在你的腦袋之中。」

「好！」

「不然，我會把你的眼珠挖出來。」小駱彷彿說著理所當然的事，眼睛眨也不眨，「再殺了你。」

迅速轉身，我在惡狠狠地注視下近乎拔腿奔跑，左搖右晃撞上了出口處轉角薄板，才發現廁所入口處貼了張「表演者專用」的告示，旁邊明顯是R的個人休息室，再往外走的區域是工作人員休息區，這裡則是舞台正後方，電影仍在播映，但似乎不是西方極樂地獄。

舞台前擠滿了瘋狂粉絲，我刻意繞遠路避開，花了好一段時間才回到刺青時坐的位置，但典殺他們全不見蹤影，徒剩杯盤狼藉，地面髒污濕滑。

剛剛到底是怎麼回事？我到底是怎麼到那裡的？

痙攣感盤據胃部，皮膚又黏又熱，我靠在桌子旁，試著回想剛剛發生的事情，為什麼R會這麼凶狠？我知道她可能不想被發現真實身分，但是有必要如此激烈，甚至說出「殺了你」這樣的話嗎？而且我還是她的粉絲！這世界上哪有這樣對待粉絲的偶像啊！或許她不是真的想殺我，只是她也被我嚇到了，原本專屬於自己的廁所突然冒出一個男人……

我不願多想或替她找藉口，低下頭仔細檢查，衣服左胸裂口比我想像中還大，直直割到領口處，刀片造成的傷口隱隱作痛，我這時才有餘裕打開手機手電筒，架在桌面上，裂痕並不深，但自圖案底部向上延伸至鎖骨，紅色血珠匯聚突出皮膚表面，隨時會滴落下來，這絕對是某種創舉，可以登錄進人生重要里程碑的創舉，身上刺著代表偶像的刺青、卻被偶像本人給親手摧毀。

吧檯區一個人也沒有，連酒保也不在，大家都擠往前去了，他們激動喊著R的名字，似乎正在倒數些什麼，但我一點興致也沒有，他們知道自己的偶像是個不明就裡的暴力狂嗎？我撕下破成兩半的透明薄膜，上衣也一併脫掉，好，我是不是該找時間去打個破傷風疫苗？

手機顯示凌晨03：29，這時間點打給柏翰他會接嗎？就算他醒著，訊號零格的狀態應該也撥不出去，我收起手機，看著眼前情景，用力吸了好幾口氣，才稍微從震驚狀態之中放鬆下來。

閃光與霓虹燈瘋狂閃爍，乾冰鋪天蓋地噴灑在恣意狂歡的眾人身上，音效嘈雜尖銳，巨大泡泡隨著吶喊緩緩由下往上構築，籠罩整個表演場地，他們不以為意，繼續倒數，五、四、三、

二、一。

周圍照明光線大亮，洪水轟然而至。

R的電子音浪同時席捲，充塞耳道，她自舞台中央緩緩升起，燈光聚焦，彷彿神佛降世，所有人為之瘋狂，而下水道汙水聚積泡泡之外，將整個場地吞沒包覆，卻沒有任何一絲水珠滲入，就像末日災難裡的方舟，船上的人都是被選中、值得在新世界繼續活下去的人。

我隨手從吧檯後抽了一罐酒，看瓶身似乎是威士忌，還剩下半罐左右，或許是剛才的詭異經歷所致，再次聽見R的音樂，並沒有產生一開始那樣強烈的感受，雖然還是非常順耳與振奮人心、每個細節明顯展露，但沒再看見任何幻覺，眼睛也不再無法控制流出淚水，我猜是沒有同時抽典毅他們給的菸吧！無法把高潮再往上推。

除了我之外，所有觀眾們的刺青都閃耀出激昂紅光，像某種發信器，控制他們腦波，驅使他們做出狂熱反應。

舌頭有些麻痺，嚐不太出酒精味道，我找了張乾淨的椅子坐下，看著泡泡裡所有人盡情狂歡，雖然我也身處泡泡之中，但全然提不起勁，甚至有些洩氣，手指頭微微顫抖，外頭仍水流大作，哪裡也去不了，什麼都做不了。

我這次沒有得到救贖。

也沒有別的選擇。

*

想來想去，我還是有點鬱悶，而且不知道該如何宣洩。就像有股氣悶在胸口，好像沒那麼嚴重，卻也值得找人傾訴。

於是在表演結束之前，我用眼鏡偷偷錄了一小段影片，打算等訊號較穩定後再傳給柏翰，有太多東西想跟他說，能擋住洪水的泡泡、發光刺青、白煙構成的鯨魚……以及我的傷口，R的真面目。

我能信任的大概只有柏翰了。

大概又過了一個半小時表演才結束，我頭昏腦脹，有點支撐不住身體，惴惴不安的趴在桌緣半睡半醒，李典毅把我搖起時，劈頭就是一句「幹，你是在搞毛喔！哈哈哈哈！」。

「什麼？」

「你的衣服勒？」

「這裡。」我找了一下，從地上撿起來甩了甩。

「你胸口是怎樣，跑去哪裡玩玩到受傷啊？」

他看起來還有些恍惚，雙眼紅通通的，情緒不太穩定，我揉揉眼睛，隨便扯了個謊，「應該是被破掉的酒瓶割到。我醒來的時候就跪在廁所吐了，我也不知道為什麼會這樣。」

「最好啦哈哈哈，你的傷口很平整欸，這是刀子用的吧？你有仇家嗎？」

「沒有。」不太敢跟他說R的事，搖了搖頭，我還沒有那麼勇敢，「那頭鯨魚把我吸進去之後，我就什麼都不知道了。」

「啥？是你把鯨魚吸進去吧？那是一個傳統啊，就是大家吐出菸來組成鯨魚，鯨魚經過時再每個人吸一點這樣。」

「欸？怎麼感覺有點髒……到底是誰吸誰？其實是我吸入大家吐出來的二手菸嗎？」

「你吸鯨魚啦。」典毅看起來沒在開玩笑，「應該是第一次抽，看到幻覺吧哈哈哈哈，我第一次也這樣。鯨魚也不是真的長那樣啦，動態投影出來的。」

「那裡面到底摻了什麼東西？」

「摻什麼不重要啦哈哈哈，第一次這樣正常，R親自認證的好貨，不會害你、不會害你。」

「是嗎？」我看了眼胸前裂口。

「對啊，你那個要去醫院嗎？」

「好啊，說不定要縫。」我附和道，但其實有點不想去，「我們這樣去醫院會被抓嗎？就是，抽了那個。」

李典毅皺起眉頭，吸了吸鼻子，「說不定喔！」

「那我還是先回家好了。」

「好喔。」

我站起身，跟著他以及散場觀眾往外走，繞過轉角，停車場最邊邊有幾輛機車被水給沖壞了，李典毅叨叨絮絮，聽他說工作人員刻意把水擋在另一頭，等到最後高潮時再一口氣洩洪，也難怪會被警察關切，這種事情怎麼想怎麼危險。

和典毅的朋友們道別，他們說後天還有一場大的，我苦笑著說考慮考慮，在轟隆隆的引擎爆鳴中戴好安全帽，頭還是昏昏沉沉，等等，李典毅能騎車嗎？

「你不是喝了一堆酒？」

「對啊！」

「你這樣有辦法騎車嗎？」

「這個時間點沒有警察啦！我騎慢一點就好了。」

衣服綁在腰際，我跨坐上機車後座，李典毅刻意騎得緩慢，現在是清晨五點，沒穿上衣多少還是會冷。

彷彿觀光遊覽，我們慢速穿過下水道及各個轉彎，我拉起安全帽面罩打了個噴嚏，可能快著涼了，抽完菸後一直異常乾燥的鼻孔愈來愈癢，回到地面時，我甚至看到大片懸浮粉塵匯集在路邊燈光下，像傍晚時分聚集的蚊蚋，天空灰濛濛，完全不似太陽即將升起的景況。

今天……不，昨天不是才剛例行清淨過空氣嗎？

摘下安全帽，戴起外出用面罩，李典毅似乎也不太舒服，乾脆路邊停車，解開下巴扣環，「到底是……」

「啥？」我的聲音傳出面罩時模模糊糊，所以稍微加大音量，又說了一次，「你怎樣？」

「空氣啊……R真的很神。」

「什麼結論？」現在是任何事情都要歸功於R了嗎？我心裡納悶，等李典毅裝好隨身清淨機的管子。

「你沒聽到嗎？R說後天要辦一場大的，就叫『沙塵暴中的祕密集會』。」

「沙塵暴？」

「對，是露天場地。」李典毅套好面罩，機車繼續移動。

「那今天這場叫什麼？」我問。

「洪荒倖存者。」

「你的意思是，R會為了辦自己的演唱會，把整座城市的空氣品質給弄糟？」

「我沒這樣說啊，但很有可能。」

「真的是神經病欸，這樣做樂趣何在？」我脫口而出，幾秒之後才意識到自己可能說了會把氣氛弄僵的話。

前座的李典毅沉默了一會，稍稍扭過頭來，「我覺得你怪怪的。」

我沒有回答。

「你是不是不喜歡R啊？覺得你好像一直在問奇怪的問題，想要找機會罵他的樣子。」

「我有嗎？」

「我是覺得，如果你不喜歡R，可以直接說沒關係，我們都那麼熟了，大家也都互相坦承無所謂，你真的不喜歡的話，我們下次就不要看R的表演，死狂熱跟阿猛也很帥，都可以看。」

「沒啦沒討厭，不喜歡還會刺青嗎？只是覺得很微妙啦。就……太瘋狂了？」我只回應了部分感受，不打算欺騙典毅，也不想把氣氛弄僵。

這次換他沒有說話，安全帽裡響起音樂，我好像有聽過，卻又沒什麼印象，幾乎佔去所有樂曲篇幅、極長的旋律之後，才開始有背景獨白，是個老人的聲音，接著接上副歌。

（以前，差不多一二十年前，我都在這個堤防上運動、散步。那時候，堤防上有很多很多的海鳥，我每天都看到那麼多海鳥，有時候我想到，就給牠們吼——啊整群海鳥飛的滿天，你就看得到那個壯觀。有一天，我慢慢發現海鳥怎麼不見了，同那個時間，我的一隻眼睛不見、看不見了，醫生只跟我說視網膜剝離，以後，我就是因為年紀的關係和腳運動不太方便，我就沒再到堤防上去了。但是我每一次想到我們台西村村民未來的命運，我就想到那群消失的海鳥……）

四季　已經嘸法度嘸法度　擱再分明
借問　你甘有看見有看見　空中的田嬰
暗暝　那些火金姑火金姑　閃閃爍爍
伊人　在風中　就要有勇氣　走下去

車子在公寓樓下停穩時，歌曲還沒結束，但在我跳下車時忽地斷線，發出一聲尖銳短促逼啵聲，我呃了一聲，摘下帽子，跟典毅說謝謝。

「謝屁，下次再出來。你傷口趕快處理一下，我現在看應該還好，沒很嚴重。」

「嗯嗯，」我點點頭，「回家小心，別被警察抓走了。」

「不會啦，放心。」典毅的右眼綠光閃爍，懸浮機車轉頭，咻的一聲消失在巷口。

我轉過身，手機忽然震動，點開螢幕，眼鏡上小攝影機要錄給柏翰的影片，這時才連結到手機傳出去，右下角打了個藍色小勾勾。

我順便看了看時間，05：23。

咦？影片有兩部？

第三日

神說，地要發生青草和結種子的菜蔬，並結果子的樹木，各從其類。

*

「那影片是R？為什麼她要砍你啊？
還能傳訊息應該是還好……嗎？
不過，幹，這三小邪教
這法律上有問題吧？
我知道生活ㄉ機掰一堆，但是你是不是放太鬆ㄌ
偷偷問一下
抽起來到底蝦米感覺，你貨是怎麼來的啊
李典毅嗎？
還有那一大團菸

真的是會得肺癌
真ㄉ覺得那一團菸很不ＯＫ
演唱會是在密閉空間？
還有那是泡泡嗎？外面是水？
你到底跑到哪個世界去＝＝」

再次清醒的時候，窗外天色一片漆黑，我抓起手機，通訊軟體顯示柏翰的一大串影片觀後感，我只跟他說我被砍傷，進家門草草處理一下傷口後就先睡了，傷口並沒有我一開始感覺的嚴重，只是範圍比較廣，壓到有點痛這樣，倒也沒割多深。

拜快故障的眼鏡之賜，有錄下R的行凶過程，雖然只有短短十五秒，但該錄的都有錄到。

還是先存著，以備不時之需。

轉動眼珠，手機右上角寫著23：59。

等等等。

用力從床鋪彈起，拉扯到傷口附近肌肉，痛得我縮了一下，戴上眼鏡，扭頭確認牆上投影，11：59在我眼前轉換為12：00。

我整整睡了十八個小時。

難怪整體精神還不錯，一點也沒有預期的疲累感。

柏翰還在線上，有點懶得打字，我按下語音通話，藍色圓框轉了幾圈後，嘟嘟兩聲接通，「……喂？」

「嗨。」

「安安，你還活著喔？」柏翰問道。

「對，很可惜。」

「……可惜個頭，幹，你是跑去哪裡？」

「R的演唱會，跟李典毅。」我如實以告，對柏翰沒什麼好隱瞞的，雖然他不認識李典毅，但大概知道是誰。

「那麼嗨喔！你有怎樣嗎？為什麼那個人要砍你啊？」

「目前還好，天亮應該會去打個破傷風，幹，我一定要跟你說一件事。」

「嗯？」

「我抽了一捲他們給的菸之後，那一大團菸看起來就像鯨魚一樣，超寫實，連上面的寄生蟲都有，然後它飄到我眼前，我以為我自己被吸進去，但其實是幻覺，是我吸了那團菸。」

「……他們是？」

「李典毅跟他朋友，然後我清醒的時候發現自己在廁所吐，吐完去洗手，旁邊站著一個女生。」

「我消化一下……你吸了那一團煙之後，跑去女廁？」柏翰的語調充滿疑惑，好吧，不怪他，我也覺得很扯。

「我不確定有沒有全部吸進去，然後我不是跑到女廁，我跑到後台，R專用的休息室。」

「三小，直接找大魔王單挑？」

「對。」

「那為什麼R的專用廁所會有女生啊？」

「因為她就是R。」

「啊？」

「因為她就是R。」我又複述了一遍。

「啊啊啊啊？你說那個女的是R？」柏翰的誇張喊聲嚇了我一跳，我乾脆把話筒拿離耳際，開啟擴音功能。

「對。」

「等一下，我現在正在看他的新MV，你這樣一說，他的身形還真的越看越像女孩子……」

「我認真，沒有騙你。」老實說經歷了那樣一輪之後，我已經有點疲乏，對什麼都提不起勁驚訝了。

「所以你該不會……是被她劃傷的？」

「對。」

「三小啦！你是在演電影？」

「啊，我中間漏講了一件事。」

「嗯？」

「我在胸口刺了R的Logo，然後她劃開的傷口直接把刺青剖成兩半。」

「……」

「……嗯嗯。」我等了等，率先打破無語的情境。

「慘。」

「對。」

「呃……我真的覺得，你要適可而止，有點，太超過了。」

「我知道。」

最後約了下午見個面，我掛上電話，不由自主嘆了口氣。

離開床鋪，點亮浴室電燈，胸口毀損碎裂的刺青醒目猙獰，那道裂痕稱不上醜，甚至替原本圖樣增添了一些荒誕不羈的藝術感，我透過鏡子盯了好一會兒，還是覺得心情不太愉快。

或許該去警察局報案？

算了，姑且不論吃不吃案，警察到時候全面搜查我也會出事……可是R已經這麼有名了，為何三天兩頭舉辦這種非法集會，卻完全沒有公權力介入的樣子？照理說警方多少會握有一些蛛絲馬跡，方便……還是說方便之後一網打盡？

也不是沒有這種可能，可惡，早知道就在衣服上夾個迷你攝影機，直接錄下她全部的犯罪歷程。

我皺起眉，小心翼翼撕起透氣膠帶，紗布有點黏在傷口上，我咬緊牙關，深呼吸，一次扯下，幹，我真的要揍扁R那個傢伙。

相同部位的疼痛刺激腦袋，我「呃」了一聲，忽然意識到那時的狀況對我多不利，彷彿有人抓握心臟的糾結感襲來，酥麻擴散頸部皮膚，搔抓至頭皮深處。

如果真的在廁所裡被挖出眼睛怎麼辦？不，我應該要還手的，但是那時過於突然，根本來不及反應，我也不是那種三不五時就會動手動腳的人，說不定我還打不過R，她的右手應該是高級機械，包裹人工皮偽裝成正常手臂的那種。

還是她其實是機器人？

沾了酒精的棉棒經過之處，同時產生冰涼與灼熱兩種感受，我有些不耐煩，乾脆將酒精倒入瓶蓋中，自鎖骨處倒下，強烈刺痛燒得我彎下腰來，十幾秒後才有力氣打直腰桿，撕開優碘棉棒的外包裝。

優碘隨著棉球按壓，自胸口流淌而下，我趕緊抽張衛生紙擋去深咖啡色的支流蔓延，避免染到內褲褲頭，可惡，還是沾到了。

用過的棉棒紗布全扔進垃圾桶，我乾脆脫掉內褲，轉開淋浴間的水龍頭，溫水自蓮蓬頭噴濺而出，等等，應該先洗澡再擦藥的。

「噢——」喉間發出惱怒低鳴，每次一邊想事情一邊洗澡，都會順序錯誤，算了算了，只好等等再重擦一次藥。

煩死了。

*

洗完澡順道清理集塵箱和圓盤濾器，裡頭的灰塵在拆開盒蓋時滿溢而出，我記得出門時是半滿的狀態，有點誇張，外面灰塵有那麼多嗎？

下半身包著浴巾回到房間，窗邊的空氣刻度顯示A一。

等等，昨……前天才剛例行清掃過，這樣一點也不正常，花了一堆稅金架在頂樓跟路邊的大型清淨機全都失去作用了？

轉身坐下開啟電腦，我知道有個網站會統整市內每台清淨機的運作狀態，可能是這附近在統一維修，所以空氣差了點，也是，趁半夜維修比較不會影響到其他人，跟捷運的磨軌工程一樣。

嗯？這就怪了，統一維修的區域並不在家的周邊，停機加故障頂多十五六台，是這個監控網頁出了問題，還是我太敏感了？頁面旁邊是有即時新聞說這兩天會有一波沙塵南下，所以空氣比較汙濁是正常的，好吧，既然新聞都這樣說了——

另外一個分頁忽地彈出，柏翰貼了一條網址，同時附上一句「你昨天那場變成影片了」，滑鼠點開，是R的熱騰騰新MV。

洪荒倖存者

低沉鼓聲打底，樂音模模糊糊，彷彿一切都泡在水中，我戴好耳機，白色巨鯨遮蔽螢幕，浮出鑲嵌幾何圖形的標題文字，西方極樂地獄的片段畫面搭配群眾倒數聲，鏡頭左搖右晃，五、四、三、二、一。

洪水降臨。

彷彿新世界的神，R全身發著亮光登場，頭頂巨鯨隨節奏吐納我從沒見過的各種象徵符號，像經文一般灑落在每個失去理智的觀眾身上，泡泡外的汗水澎湃，幾乎將整個表演場地滅頂，可是沒有人感到害怕，這是通往新世界的船，船上的人都會得到救贖。

我們將離開苦難
前往彼方
直抵
神選定之處

MV最後跳出這樣的字句，我不由自主起了雞皮疙瘩，明明知道R是個機掰邪教教主，這東西還是精美得令人讚嘆，R的工作團隊真的不是蓋的，短短一天就做出這麼猛的MV。

下方有人整理出一系列相關影片，全是現場演出後製剪輯，我稍微看了一下留言，發現另一個類似目錄的清單。

3／26　天啟日
3／28　神的選民從此不屈服
3／30　皈依正道者
4／2　血樹
4／5　暴亂與鎮壓
4／9　救贖者
4／13　鯨
4／17　蜜與奶
4／21　啟程與逃亡
4／26　聖芒
4／28　洪荒倖存者
4／30　沙塵暴中的祕密集會
5／1　新世界

看起來就像某種宗教經典的故事走向，我想了想，決定從第一個〈天啟日〉開始看。

開頭是稀鬆平常的清早，所有西裝筆挺上班族踩上隱形輸送帶，一批又一批前往都市各處工作場所，天空因懸浮微粒而灰灰濛濛，每個人的肩頸與鋼琴旋律一致，冒出或大或小灰黑氣泡，不間斷朝空中匯聚，最後形成巨大的深色鯨魚，而在白色燈塔外觀的自由閱覽室頂端，兀自站著一個蒙面之人，挺身與黑鯨遙遙相望，豪不畏懼。

第一個發現邪惡鯨魚的人，R。

影片自動播放。

視角改為第一人稱，裝載在胸口的運動攝影機記錄後台場景，外頭觀眾呼聲並不大，主角緩緩登台，台下只有寥寥十數人，皆隨著音樂恣意舞動，副歌不停重複簡單洗腦旋律，我不由自主跟著哼唱，但曲風猛然改變，人聲嘶啞尖銳，眾人逃竄，一大群黑壓壓無人機以及機械警察威風現身，「逮捕反叛軍，逮捕所有人。」

下一部。

警局內部一片凌亂，辦公椅卡進了天花板，四根有輪子的椅座像電風扇般搖搖晃晃旋轉，牆壁破了個大洞，地磚碎裂，一片狼藉，黑血灑濺在桌椅牆壁上，像潑墨畫一般，馬克杯、盾牌、窗玻璃、後腦杓……全都被子彈開了洞，只剩一個穿著警察制服的男人還站著，左手肘的R圖騰閃閃發亮。

影片結束之前，才彈出歌曲名稱，橫跨鏡頭兩端。〈皈依正道者〉。

我想我大概有點知悉劇情走向，以及R想要做些什麼。

〈血樹〉延續叛徒劇情，每個死不瞑目的警察與政府官員們腦袋爆開，就像一棵棵行道樹影印在牆上；〈暴亂與鎮壓〉是反叛軍們與警察的正面衝突；〈救贖者〉著重在每個破壞紀律的狂熱者的內心糾結；〈鯨〉應該是這系列最有趣的一部，信徒們的強烈信仰誕生了另一隻白鯨，和黑鯨展開搏鬥廝殺。

接下來的〈蜜與奶〉、〈啟程與逃亡〉、〈聖芒〉以及〈洪荒倖存者〉分別代表嚮往、行動、希望與救贖，如果真的繼續照故事走下去，他們最後會抵達、或是開創一個全新的世界。

這就是李典毅說的幹大事嗎？

我不太敢繼續想像，雖說MV裡的故事和現實應該是分開的，但——R可是邪教教主，都能模擬呈現洪水襲來的狀況，說不定趁四天後的最後一次表演，卯起勁來佔領整座城市……

「欸，」我丟了訊息給柏翰，他應該還沒睡，「這些MV是真的嗎？」

「什麼？」柏翰立即回覆，果然還沒睡。

「就是，我怎麼覺得，最後R會真的找一個地方，然後帶她的狂粉到那邊劃地為王之類的。」

「你是看完她這個系列之後，產生這樣的想法嗎？」

「嗯嗯。」

「那你看看這個，我剛剛在研究。」

「嗯？」

網址連結到新頁面，這次是篇滿是專業術語的音樂專欄。

＊

鬼才電音新星與他的救贖之道

近日名聲大噪，甚至可以用一夕爆紅來形容的R，或許是最代表這個時代的產物。出道至今短短三個月，連一張EP或專輯也沒有，卻憑著一系列故事性極強的MV和密集場次的現場演出，贏得大票死忠粉絲，雖然從不露臉，聲音也明顯透過變聲器處理過，甚至在網路上發表許多公開反對政府政策、提倡環保的政治性言論，仍不減R的魅力，可說是近年來少見的超級新星。

「我喜歡什麼、不喜歡什麼，所有的人都知道，但是他們拿我沒轍，因為我最後會達成我的理想。」R是這樣說的。

自〈天啟日〉始，原以為只是單純New Age曲風，沒想到在黑色鯨魚出現之後順速轉變，

〈神的選民從此不屈服〉融合了Hardcore／Gabber及實驗音樂特色，和劇情最後邪惡警員登場相輔相成，大量glitch刮搔延續，連三首〈皈依正道者〉、〈血樹〉和〈暴亂與鎮壓〉展現兇悍的drum n bass與桀驁不馴的R式Brostep，插入風格類似卻呈現截然不同情緒的〈救贖者〉，直到〈鯨〉的出現，一切才開始轉變。

彷彿宗教音樂的開場，男女高音與中音齊唱，代表眾反抗者的信念凝聚成另一隻足以與黑鯨匹敵的白鯨，但背景之中隱隱有不同聲道同時竄動，揭示了接下來的〈蜜與奶〉、〈啟程與逃亡〉、〈聖芒〉、〈洪荒倖存者〉走向——象徵陰暗隱憂的dubstep以及歡樂狂歡的techno，兩者對立，卻也同時存在。

在早已公開的曲目清單中還有兩首尚未公開，分別是〈沙塵暴中的祕密集會〉與〈新世界〉，無論接下來R怎麼呈現，這樣一張完整作品（我已先大膽預測會集結成專輯），皆以橫跨眾多電子曲風、主流與非主流通吃全拿，絕對是台灣極為少見的音樂創作者，根據R自身說法，這也是他的「救贖之道」。

「我希望台灣變得更好，甚至——對，甚至不惜動用激烈手段，這是改革的開始，我想要改變大家，很多人都稱我是邪教教主，或是瘋狂蒙面俠之類的，這是件好事，代表真的有越來越多人關注我所關注的議題、或是我所推崇的信念，所以，我是鑰匙，開啟通往下一個階段的門，我們要的是一個更加純淨美好的世界。」

為了看懂那篇專欄，我花了很多時間搜尋關鍵字以及分辨不同曲風，直到清晨四五點才滾回床上，再次醒來，已是上午十點多將近十一點。

*

生理時鐘好像有點故障了，可惡，又是該死的大腦。

傷口復原得比預期還快，稍稍盥洗整理後離開房間，神明桌上線香只燒了一半左右，應該還不用補新的吧？家裡靜悄悄的，爸媽都去上班了，我戴好面罩，鎖好大門，下樓。

打開一樓鐵門前決定把安全帽也戴上，外面空氣應該很糟，不想要一出門頭髮就毀了，喀啦，果然是正確的選擇。

對面的美而美玻璃門髒兮兮，看不清裡頭有沒有客人，我走了過去，門內阿姨無聊玩著手機，直到我推門進入才起身走回櫃檯，咧嘴說著歡迎光臨。

點了一個燻雞漢堡還有大冰紅，阿姨說馬上好，隨便坐。

選了四人座的大桌，坐起來比較寬敞舒適，反正也沒人，我依序脫下安全帽與防塵面罩，上頭蒙了層細小顆粒，沾黏在手指上，不知是剛剛那一小段路程，還是前天晚上出門時堆積的，真是麻煩，公共空氣清淨機到底有沒有在運作啊？

我記得小時候……我知道小時候空氣品質就很糟糕了，但是應該沒有現在這麼誇張吧？先不把城市裡的清淨機有沒有故障納入考量，這種環境品質真的適合人類生存嗎？

阿姨送上餐時，一起把遙控器放上桌，「來，想看什麼自己轉。」

「好，謝謝。」

迅速成為人氣DJ的R不負眾望，獲選成為高雄文化與觀光推廣大使，此次網路票選活動自三月三十一日正式開始，適逢R的一系列高品質演出與音樂影片釋出，推波助瀾之下……

轉台，我已經吸收太多關於R的資訊了。

受到境外汙染源影響，環保署預估這兩天空氣品質將會極為不佳，尤其以高屏地區首當其衝，加上連日乾燥，將達到「紅色警示」。

對此，行政院長面對記者提問時表示，這一波空氣汙染有八成來自境外，希望全國人民共體時艱，做好……

轉台，又在說屁話。

高雄地區多處大型公共空氣清淨機同步維修，造成空氣品質在例行清潔日隔天便急速下降，市民受不了大量檢舉，幾乎打爆了1999市民專線，而高雄市環保局空汙與噪音防制科於今早統一回覆，大規模整修只是暫時造成空氣品質下降，會以最快速度完成所有相關檢修……

不予置評。

我索性把電視關掉，專心吃起漢堡。漢堡跟平時味道差不多，稱不上好吃，但也不難吃，我沒有什麼特別的感受，就和電視裡的政府官員說的話一樣，無論內容如何，大家也早已無動於衷。

櫃檯處的阿姨打了個大呵欠，繼續看著手機短片，我也點開手機螢幕，柏翰那傢伙還在線上，死大學生，他的生理時鐘肯定也出了問題。

「下午約幾點去了？」

沒有回應，大概電腦沒關就跑去睡了。

我吃完漢堡，喝完大冰紅，起身到櫃檯結帳，接著重新穿戴上防塵面罩與安全帽，玻璃門外又是全然不同的世界，像沙漠裡的城市一般。

機車停在巷子尾老地方，一旁足足有半層樓高的公共空氣清淨機急速閃爍紅光，我手插口袋走近，清淨機不似平常運作時嗡嗡作響，反而發出喀啦喀啦的奇怪聲音，冒出灰黑煙霧。

接著連紅光也索性不閃了，扇葉關閉，直接變成一台巨大廢鐵。

現在是什麼情況？要報警還是打機器上面的維修電話？

掏出手機，柏翰不知何時貼了個連結給我，點開來，是統整市內清淨機運作狀態的網頁，地圖上密密麻麻綠點大半轉為灰點，代表已失去功用。

右下角的故障統計數字，寫著1211。

*

按照原定計畫來到診所，用一百五十塊換一大包藥丸，以及一支破傷風疫苗。

「可能會有點痛，我是說，一陣子之後。」

護理師小姐將針頭戳進我的手臂時這樣說著，我不太明白，「嗯？」了一聲回應。

「疫苗副作用，可能會頭痛、肌肉痛、稍微發低燒之類的。」

「嗯嗯。」

「喔然後傷口會稍微小腫。」

我有些心不在焉，腦中還是不由自主想著市內清淨機跟網頁，該不會真的是R在背後動手腳？但是如果要這樣搞，必須動用大量人力……也不一定，只要幾個懂機械的分配好工作，按照不同路線沿途去破壞就行了。

重點在於，如果真的是R，那她真正的目的是什麼？

只是為了辦一場演唱會？

「來，我幫你上藥，衣服掀起來。」

「好。」

我邊說邊掀起上衣，護理師小姐傾身向前，露出一抹微笑。

「可惜了這個R。」

「啊，對啊。」尷尬微笑，該不該坦承是被R本人劃傷的呢？

「這是剛刺的對吧？你應該喝了不少酒吼，刺的部分都腫起來了，這幾天會脫皮，盡量不要去抓喔。」

「呃……對，好，抱歉。」

「不用抱歉啦，我也有刺啊！大腿上。」她從一旁鐵架上拿起棉花棒和生理食鹽水，伸手湊近我的胸口，「不過現在不方便給你看，還在工作。」

「好，之後還有機會。」我隨口回應。

「說不……你該不會是在洪荒倖存者那場刺的？」

「嗯？對啊，給Fya刺的。」

「Fya！」護理師的手猛然震動，棉花棒毫不留情戳進傷口，我大叫出聲，眼淚在眼眶轉了又轉，幹，保持專業啊拜託！

「啊抱歉抱歉！」

「……沒事。」我強忍疼痛，心中默念尊嚴二字，兩手關節嵌進折疊椅的塑膠板裡頭。

「我太興奮了抱歉，你真的沒事吼？」

我點點頭，她再度露出微笑，手指繼續動作，接著開口問道：「幫你刺的是一個留黑長髮、其中一邊耳後全剃光，然後有刺花體的F嗎？」

典毅的朋友不都長得這樣亂七八糟？

「……那時有點暗，但好像是這樣。」我說。

「真的是他！」護理師的眼睛閃閃發光，像是完成了什麼重要的人生目標，「你是怎麼讓他刺的？」

「我朋友跟他們是一夥的，就……順便？」

「也太好了吧！我也要去！」

「咦？」

「你會去今天晚上那場吧？我們可以約一下——」

叮咚！

門口玻璃門陡然開啟，打斷我們對話，幾乎是摔進室內的中年男人連續十來個噴嚏，將鼻腔摧毀殆盡的那種，風在他身後的騎樓呼呼作響，夾帶大量肉眼可見的沙塵。

不會吧！難道說……

*

故障數字持續上升，等我處理完傷口離開診所，和柏翰在附近便利商店會合時，整個城市已經超過三分之二的清淨機由綠轉灰，空氣品質瀕臨崩潰。

沒有在開玩笑，短短三個小時，沙塵漫天，行人涕淚縱橫，城市完完全全成了另一副模樣，或許傍晚時會有半座城市被沙塵掩埋，海洋之心搖身一變，重新命名為沙漠之心。

「災難。」柏翰這麼說著，站在擺放飲料的冰櫃前雙手抱胸。

「世界末日？」我補充。診所護理師重新幫我包紮的紗布和膠布有點緊，我忍不住伸手搔抓，她說雖然沒什麼大礙，但這兩天先不要讓傷口碰水，化膿就糟糕了。

順道一提，我只知道她姓許，名為語宸，不錯的名字，可惜沒要到電話。

R其實也沒有那麼差嘛！我想。

冰櫃裡化工飲料花花綠綠、琳瑯滿目，隨便選了一罐紅色的，百分之百西瓜原汁，保存期限兩年。

「……應該不至於吧？但後續會很難處理就是了。」

「有可能只是網頁故障，機器本身還在運作嗎？」

「應該不是吧？」柏翰邊說邊轉頭，我順著他的目光方向，自動門調成了手動模式，逃進商店裡的人渾身狼狽，像剛洗過沙浴的麻雀。

我想起了我的機車。

「柏翰，你車停哪裡？」

「我坐捷運，好險。」

「我們回得去嗎？」

「原本要去哪裡？」柏翰反問，選了瓶裝水，外面已經下起了沙雨，即使多隔了段騎樓的距離，也看得一清二楚。

不知道政府會被罵得多慘，再過幾個月就要選舉了說，我把飲料放回架上，走向冷藏便當區，「還是你要來我家？」

「你家有什麼好玩的嗎？」

「沒有。」我說得斬釘截鐵，選了雞腿便當，現在有促銷，搭配芭樂汁只要五十九元。

「那去屁。」柏翰笑出聲來，比較起手裡的水和新拿的飲料價格，「還有雞腿便當嗎？」

「還剩一個，你要嗎？」

「好。」他接過我遞過去的便當，手臂夾著兩瓶寶特瓶往櫃台移動，我不想喝芭樂汁，換成小包裝奶茶，一樣有折扣。

結帳，等待微波加熱。

期間不斷有人進到便利商店避難，另一個店員趕忙將烤番薯和關東煮、熱狗、茶葉蛋的蓋子蓋上，我們拿到食物後退回一旁用餐區，剩下兩張桌子還有空位，「吃一吃再走？」

「這餐是午餐嗎？」

「對。」我說，「可是我有點擔心我的機車，而且我十一點才剛吃完早餐，還不太餓。」

「那……先去你家？」

「好——等一下，我的安全帽在車上。」

「慘，吃屎了喔。」

「幹。」我將買的東西通通塞進柏翰的後背包，他的連帽外套再度充氣成簡易式安全帽，真想買一件和他同款式，可是那一件不便宜，而且我現在沒工作。

穿戴好面罩，我們深吸口氣，勇敢踏出便利商店。

室外還是一樣燥熱，汗水瞬間自額角冒出，伸手抹去，虎口全是髒兮兮的灰黑色澤，機車停在對街，三步併作兩步，果不其然，白色油箱早蓋滿一層厚厚沙塵。

真的是太誇張了。

我迅速撥弄卡滿塵埃的頭髮，戴好安全帽，插鑰匙啟動引擎，載柏翰往回家的路前進。

沿途好幾處發生車禍，機車族們急切的想趕回能遮風避雨之處，四處亂鑽亂竄，汽車與公車雨刷來回掃動，水柱灑洗窗玻璃，灰黑水珠和灰塵同時在半空中飛散，能見度並沒有差到什麼也看不見，但一團又一團的沙雲在頭頂飄盪，大家從來沒遇過這種情況，手忙腳亂，慌張恣意蔓延。

扣壓離合器與轉動油門的左右手黏了層細碎顆粒，我盡可能選擇沒有紅燈阻礙的路線，多花了三、五分鐘，但至少不用徒然在路口乾等，忍受沙雨落滿全身。

不過似乎沒有差多少，好不容易回到家裡的巷子時，我們兩個就像剛從被海灘裡挖出來一樣，柏翰跳下車來推開鐵門，我順勢把機車直接騎進一樓室內，暫時遮擋一下，雖然有可以罩著車子的布，但實在過於狼狽，希望其他住戶不要剛好出現，剛好趁機指責我們的不是。

「唉呦！你們不能把車子停在這裡啦！這樣其他住戶要怎麼出入？」

不會吧幹，說人人到。

住我家樓上的中年婦女忽然冒了出來，是最難應付的那種機掰歐巴桑。

「你們是哪一樓的啊？住戶規範有說不准把私人的東西堆積在公共區域，你們現在這樣會影響到其他住戶的權益喔！」

「呃……」我討厭這種狀況，而且這算是堆積嗎？是不是有必要上一堂字詞解釋課程——

「不是，外面的空氣很糟，所以想說暫時停一下。」

「我知道外面的空氣很糟，但是你這台車平常應該不是停在這裡的，你可以看一下住戶規範，門旁邊那個投影機按下去裡面有顯示，裡面就是寫說不能把自己私人的東西堆積在這個地方，這裡是玄關，是公共區域，所以你要把車子牽出去。」

「對，呃，是這樣沒錯，但是外面現在的狀況很糟，我們第一次遇到，所以想說先暫時把車子停在這裡躲一下。」

「那既然不能停在這裡，就請你把車子移到外面去，對面有一整排停車格可以停，滿了嗎？應該沒有滿吧！總之不要占用公寓的公共空間。」

「不是，可是……」對方似乎聽不懂我說的話，我轉頭看了看柏翰，他聳聳肩，拉開公寓鐵門。

風沙滾滾，一口氣全灌進一樓玄關。

*

從廚房找來保鮮膜包上傷口，重複洗了兩次頭，終於把卡在髮根的髒污通通清除殆盡……也或許沒有，需要去髮廊讓專業的來。

頭頂管線水聲隆隆，我猜那個住樓上的歐巴桑應該也正在洗頭。

柏翰稍早開啟鐵門時，沙塵噴滿她全身上下，很慶幸自己還沒摘下安全帽跟防塵面罩，雖然最後在憤怒歐巴桑的堅持下，把車子牽到巷子底去停，但還是非常值得。

回到家關上鐵門後，我們大笑了好一會才各自動作，我去浴室整理，他脫下外套晾好，在我房間東摸西摸，隔著塑鋼門也能聽見斷斷續續的新聞播報聲。

關於科技理工宅能順手把手機變成立體音響或吸塵器這件事，我一點也不會感到意外。

懶得吹頭髮，浴巾纏繞包裹頭部，我像個光著上半身的印度男人離開浴室，果不其然，佔據房間中央的立體投影顯示城市地圖，就像某種高科技展示場，灰、紅、綠三種顏色的圓點遍布，但大部分是灰色，將城市團團包圍。

我還真不知道那台舊電腦有這種功用。

使用好多年的破爛音響擺在投射出影像的電腦旁，斷斷續續播送即時新聞，全都是高雄快要被沙塵掩埋的新聞，窗外土黃與灰黑混合一片，我看了看窗戶上的空氣品質刻度，ＳＳＳ。

「幹，這三小？」

「空氣品質爆炸囉。」柏翰的語調沒有起伏，手指按壓手機螢幕，我湊上前去，半空中的地圖改換顏色，灰點全數消失，「你看這個。」

「嗯？」

除了一個紅綠相間的同心圓，整張高雄市區地圖空空蕩蕩，而內圈亮綠數量極多，不斷向外擴張，一一取代紅色的故障圓點。

「這裡是哪裡？」我問。

「自由閱覽室。」柏翰邊說邊將地圖拉近，白框輪廓的閱覽室如燈塔一般矗立，周圍遍布不合比例的空氣清淨機，「好像哪裡怪怪的。」

「是不是太多台了？」

「嗯。而且也不應該只有那裡是正常運作的，如果是全市大癱瘓的話。」

「有辦法看到實際情況嗎？像是空拍機之類的。」

「嗯嗯……應該可以試試，這種時候各家電視台的空拍機都出動了，我想辦法連上其中一台看看。」

「咦？辦得到嗎？」

「我試試，有些會開放別人連接。」

立體投影消失，柏翰在鍵盤上敲敲打打，過了約莫五分鐘，另一種投影畫面浮現在房間裡，先是雜訊與一片灰濛，接著才是城市俯瞰畫面。

周圍也有其他空拍機，機身印著不同電視台的商標，自由閱覽室就在前方，頂端的大型探照燈不停旋轉，彷彿能驅散沙塵，下方街道則聚集許多裝扮特殊的人，將一台台違法改裝的機車打橫停在道路中央，阻擋其他車輛出入。

該不會是……

我抓起手機，搜尋R的表演場次，今天是4月29日，明天4月30日是「沙塵暴中的祕密集會」的演出日期。

「柏翰，這會不會是R搞出來的吧？」

「你是說，下一場表演嗎？」

「對……」我推了推眼鏡，放大手機字體，「他沒有寫什麼時候開始表演，可是我那天跟李典毅說，他說不會這樣。」

「什麼？你在說什麼？」

「就是我那天跟李典毅從表演回來，清晨五點多空氣就開始變糟了，然後他說R要辦一場大的，露天場地，叫做沙塵暴中的祕密集會，我回他R會為了辦表演把空氣弄髒嗎？他就生氣了。」

「李典毅是狂粉吧！」柏翰聳聳肩，「正常，神是不容許被質疑的。」

「不，重點不是他生不生氣，而是他說R不會……等等。」

記憶中的語序有些模糊，但是李典毅側臉的片段畫面卻清晰無比。

「所以李典毅到底說什麼？」

「他說，」我知道自己的眉頭皺成一團，表情肯定非常難看，「我沒這樣說啊，但很有可能。」

「也就是說……」

懸浮投影的鏡頭猛然轉了一百八十度，背後是一整道厚實沙牆，能見度趨近於零，而沙牆上頭，R的巨大圖騰隨探照燈光源不停不停繞轉，彷彿永不停止，高掛在每個人之上。

＊

百年來首見，高雄遭沙塵吞沒

由於中國大陸帶來沙塵與台灣境內汙染匯合，自前天（27）開始匯聚於南部地區，台南、高雄、屏東……

不是這則。

〔快訊〕高雄捷運已全面疏散乘客

高雄捷運與市公車已在沙塵暴更加嚴重之前結束營業，並呼籲所有乘客盡快前往安全處避難，切勿在外逗留……

下一則。

〔快訊〕高雄下午停止上班上課

收到強烈沙塵暴影響，高雄市於稍早1點50分宣布下午停止上班上課，並成立緊急應變中心……

按上一頁，點開目錄。

〔快訊〕高雄市目前尚未傳出傷亡
〔快訊〕三民區3189戶停電，台電緊急搶修中
〔快訊〕民生二路與民族二路緊急封閉

〔快訊〕市民服務專線塞爆，高雄市府建議上網填寫需求
〔快訊〕多家電視台空拍機不明原因墜落市區
〔快訊〕高雄市警方表示風沙過大，難以執行勤務
〔快訊〕總統：做最壞打算，共體時艱

有了。

〔快訊〕多家電視台空拍機不明原因墜落市區

高雄市受到強烈沙塵襲擊，但市總圖與自由閱覽室附近卻意外不受影響，包括華視、公視與當地地方電視台在內的多家媒體，皆啟用空拍機紀錄畫面，不料起飛數分鐘後便因不明原因失去信號，根據最後影像研判，皆已確定墜毀，目前受害媒體持續增加中，以下為受害媒體清單……

房間裡的投影又變回立體地圖，我窩在床上，柏翰則在另一角弄他的手機，幾分鐘前空拍機影像忽然失去畫面，每一家能連上的都遇到同樣情況，我把新聞連結扔給柏翰，起身離開房間。

「要吃什麼東西嗎？」

「啊……不是有買午餐？」

「對吼，我都忘了。」

拿出悶在背包裡的便當和飲料，熱氣蒸騰出的水珠一顆顆掛在塑膠殼蓋和薄膜上，稀疏的瓜類蔬菜有些轉為爛黃，我拿了鐵製餐具，問柏翰要不要一起吃飯了。

「……呃，忘記買立頓了。」他說的是十五元的小包裝奶茶。

「不要叫我載你出去。」

「哭泣。」

我看了看我的奶茶和他的礦泉水，「你可以喝我的。」

「沒關係。」

「真的嗎？喝一下啊！你要不要用鐵的餐具？」

「好啊。」

給他家裡專給客人用的筷子，撕開便當外層薄膜，將雞腿和不想吃的菜先挑出來，還有半顆蛋和半片醃黃瓜，說實在的，這樣只賣六十五元其實還滿物超所值的。

客廳牆上的時鐘顯示03：30，我轉開電視，正好在播電影，是我沒看過的喜劇片，叫《英明的大市長》，「要看新聞嗎？」

「都可以，但是應該大同小異，都是沙塵暴的新聞吧？」

「應該，」我將遙控器放回桌上，「那還是看電影好了。」

「嗯。」柏翰將便當盒捧起，塞了口飯。

電話在這時響起，螢幕顯示媽媽照片，「喂媽？」

「你在家嗎？」

「對，怎麼了嗎？」

「媽今天會晚回去，外面太誇張了，想說等小一點再回去，爸有跟我說他要在公司跟同事一起吃飯，你看冰箱有什麼，晚餐自己解決一下。」

「好——柏翰在我們家，我中午跟他一起回家躲沙子。」

「是喔，冰箱應該還有剩一些東西，你們自己想辦法啦，我也回不去。」

「好，妳回來慢慢騎。」

「嘟嘟嘟都嘟嘟——」

可惡，壞習慣，媽又掛我電話。轉身走回客廳，電視已換成別的節目，一樣是電影頻道，但明顯不是英文發音，而畫面中的男人一絲不掛背對鏡頭，伸手扯向另一個全裸男人的脖子。

「啊？這部是什麼？」

「……嗯，」柏翰吞下口中食物，拿起寶特瓶，「來自溫柔之鄉。」

第四日

神說，天上要有光體。

*

和柏翰看完了《來自溫柔之鄉》，吃了泡麵，以及研究接下來該怎麼辦。

電影意外好看。雖然我原作小說還沒看完，但是最後優柔寡斷的主角終於決定豁出去，拋開一切束縛，和內心最真切的渴望對話，選擇了和棕髮及腰的菲遠走高飛。

很灑狗血，卻意想不到的熱血澎湃，尤其是主角爆揍了機器人史奔一頓之後，拆下機械手臂，直接敲壞艾琳封住出路的大鎖，衝入滂沱大雨之中那一幕，或許都可以選入影史經典裡頭了。

雖然最後我和柏翰都記不得主角的名字，但不損電影的有趣程度。

「我要買來收藏。」我說。

「實體的？」

「找找看吧，實體感覺比較有價值。」

「那我也要。」柏翰回答。

「好，找到再分你。」

除此之外，新聞和網路平台也在這段時間內出現了新詞彙，R圈，表示R所在的範圍，連自然現象也拿他沒轍。大多數意見是一面倒支持他，當然也有不同的聲音，例如網路小報獨醒眾就是，不過沒多少人在意，軍警稍早已出動維護秩序，但現場狀況不明，沒有人知道執勤成效，也不知R的葫蘆裡到底賣什麼藥。

媽打電話回來不久後，爸也打了回來，說今晚住公司，要我們不要擔心，別亂跑，畢竟廣播說外出風險很大，加上天色昏暗，等風暴平息之後再出門比較保險，不過冰箱有點空，需要再找時間補貨。

至於研究該如何是好的部分，我們完全沒有一絲進展。

無業遊民與延畢的死大學生，兩個沒沒無聞、沒權沒錢的年輕人，知道R其實是女孩子這種似乎也無關緊要的祕密，對現況一點幫助也沒有。

「要有什麼幫助？」柏翰問。

「試著改善現狀之類的。」我回答他。

「不，我們要先確定最終目標是什麼。」柏翰如此表示，再度投影出街景地圖。

「呃……拉下R？」

「拉下她幹嘛？」

「因為她是邪教教主……而且還劃傷我……」我越說越心虛，好吧，似乎真的沒有什麼符合公益的正當理由，足以去破壞她的好事。

「劃傷是你們之間的個人恩怨，至於邪教，現階段好像也沒有造成什麼社會損失，沙塵暴造成的損失還比較大。而且如果大家知道她是女生，粉絲會更多吧？畢竟這個社會色鬼一堆。」

「你這樣說也沒錯啦。」我能理解柏翰的想法，可還是哪裡怪怪的，「不過，如果是為了辦演唱會，而讓城市陷入這種困境，應該就是她的錯了吧？」

「沒有證據啊。」柏翰聳聳肩，「但是你想，如果真是這樣，她能做到政府做不到的事，像是直接將沙塵排除在外，這樣說不定比……如果說她的目的真的是推翻政府，這應該也是一件好事？」

「不對，她能讓R圈裡面的空氣比較好，也是她破壞了其他地方的空氣清淨機啊！」

「這……還是需要證據，這樣直接說是R搞的鬼，太偏頗了，你會被罵翻。」柏翰回答我的質疑。

「幹，那我們要怎麼辦？」我有些失落，好像真的什麼都做不了。

「什麼怎麼辦？」

「就是，接下來要做什麼。」

「不用做什麼吧，就等。」

「等什麼？」

「等……吃飯？」柏翰忽然開始搞笑，被我槌了一拳。

「吃三小飯啦！」

罵歸罵，我們還是只能選擇等待，繼續看了另一部叫《黑典》的驚悚電影，百無聊賴地等到凌晨十二點半，才得知R的演唱會已經在半個小時前開始，無聲無息。

很符合她的作風，前半小時是專屬死忠粉絲的私密時間，接著12：30一聲令下，分享、轉貼、轉推、爆卦、現場直播、新聞、電視廣告……關於演唱會的消息忽然就像滔天巨浪湧來，蓋過所有其他資訊，巴不得全世界知道。

客廳半空中的地圖切換為影像，是R團隊幾分鐘前釋出的，我和柏翰癱在沙發上，眼前沙塵瀰漫，風聲大作，隱約浮出幾行字句：

你知道我在哪，但你無法到達。

這是我們的祕密集會。

神所垂青之處。

原先失去影像的各家電視台空拍機忽然又接二連三開始運作，左上角印上R的圖樣，直播自由閱覽室前的表演實況。

我們看了好一會，每家電視台呈現出來的畫面都是一樣的，不同角度統一切換，就像正式的演唱會規格那樣。

並不是故障或是被擊落，而是捕獲，改為己用。

瞄了眼身旁的柏翰，他捏著下巴，似乎在思考些什麼，我點開手機，一整片關於R的資訊充斥，除了瞇眼盯著螢幕，不太確定到底該用什麼心情來面對這樣的事態發展。

有種壞人得勢的鬱悶感淤積胸中。

即使知道是我迷迷糊糊闖入她的私人領域，也幫她推演了一套藉口理由：她只是想要保護自己，反應比較激烈——可是，下意識使用暴力的人，真的適合受大家崇拜嗎？

這樣或許會過於偏頗，畢竟這是道德與氣度的範疇，不能因為她有所謂的暴力行為，就否定掉她的魅力與才能，頂多只能說她有道德上的瑕疵——

不，如果她推崇的是武裝革命來改善現狀、反抗壓迫，強調必須用武力來解決問題，那她這樣做也是合情合理。

對R跟她的粉絲們來說，我感到不舒服才是奇怪的反應。

這種價值觀差異導致的衝突大概是沒有解法吧？我們無法改變對方，也不太能理解對方思維，就算其中一方想通了，大多也只是熱臉貼冷屁股，不會真有相互理解的一天。

當然，這一切也有可能只是我自己想太多，對方根本一點也不在意。

對方可是萬人擁戴的明日之星。

我愈想愈不悅，明明她犯的是更誇張的錯，我卻什麼也不能表示，委屈辛酸往肚裡吞並不是我的作風，可是，難不成要我衝去現場，告訴大家她是個有暴力傾向的壞胚子？

「你在想什麼？」柏翰忽然開口，嚇了我一跳。他稍稍歪頭，鬍渣又從下巴冒出頭來了。

「咦？」

「就是，感覺很多心事？」

「我在想……我想要去現場。」我深吸了口氣，「至少見證一下她的——呃，殞落？」

「什麼？」

「可能沒辦法真的做什麼吧，但我想去看看。」

*

柏翰果斷拒絕了我，我是那種下定決心就不回頭的人，決定不理柏翰，開始著手整理行囊，手電筒、迷你氧氣瓶、替換用集塵罐、雨衣……以防萬一，很久以前李典毅送我的甩棍一併塞進背包裡，調整好防塵面具鬆緊帶、換上長褲和防水運動外套，還有備用的換洗衣物以及一些乾糧，只差沒帶上帳篷和睡袋。

如此一來也算是準備周全，可以應付各種突發狀況，但現在似乎有個更大的問題——該如何到現場去。

從家裡到那裡的直線距離大概三公里，如果走捷徑，騎車差不多要十分鐘左右，但現在視線極差，騎車的風險……走路會花上更久的時間，我可不想處在那樣糟糕的環境裡二三十分鐘，不不，照理說現在街上應該無人無車，稍微注意一下，慢慢騎，還是可以安然抵達自由閱覽室附近，只是，如果我自己去那邊，把柏翰丟在家裡好嗎？還是再問一次要不要一起？

「欸你看。」說人人到，柏翰捧著手機出現在房間門口，招呼我過去。

「什麼？」

「期間限定，使用ViveR叫車服務，全面免費。」他唸出手機上的訊息，搔搔頭頂，「現在叫車，還送麥當勞分享餐一份！」

「咦咦？」

「這上面寫的。」

我接過手機，圖片上確實寫著這幾個大字，下面則附有下載軟體的連結，「這個是跟R合作的活動嗎？」

「有可能，ViveR這樣剛好位在高雄的區域共乘公司，這種時候剛好大撈一筆。」

「送麥當勞算大撈？這應該會虧。」

「主要打知名度吧，這種優惠消費者不搭才奇怪。ViveR的R還可以順便跟R攀點關係。」

「那你要搭嗎？」我問。

「搭去哪？」

「R圈。」

「嗯……我想想。」柏翰捏著下巴，拿回他的手機，「還是不要好了。」

「蛤──有麥當勞分享餐欸！」

「那這樣好了，我幫你叫車，然後你分雞塊給我。」

「幹，爛透了。」

「我也要吃薯條。」

「所以你真的不一起去嗎？」

「不是啊，你去要幹嘛？」他皺起眉，一臉無法理解。

「好問題。」我回。

揹起後背包，和柏翰一起離開我的房間，「你幫我叫一台，分享餐分你一半，然後順便幫我顧家，電腦電視隨便你用。」

「你真的要去？」

「還是想看看現場狀況。」我點了點頭。

「那你順便幫我帶個這個好了，我可以遠端遙控。」柏翰邊說，拿出了一個不算小的盒子。

「這是什麼？」

「空拍機。」

「幹，爛透了。」

十分鐘後，車頂裝著ViveR招牌小燈的銀白轎車停在公寓門口，我們花了好大一番功夫才將分享餐分成兩半，我坐進轎車後座，柏翰替我關上公寓鐵門，逃離灌滿風沙的一樓玄關。

駕駛是個年輕男人，頭戴刺著KS的潮牌鴨舌帽，微微前傾，確認小螢幕上的路線與目的地，「要到R圈？」

「對。」

「你是我今晚載到第四個要去R圈的客人，不是我在吹，R真的猛，連這種事前神祕兮兮的非法活動也一堆人要去。」

「很多人去那裡嗎？」我有些訝異，車子緩緩開出巷口，街上並不同於我想像中的無車無人，雖沒看到半台機車，但仍有許多車輛在沙塵中無畏直行，堅定前進。

「是啊，大家都是R粉。」

我沒多做回應，搓搓手掌，打開麥當勞紙袋吃起剩下一半、還沒變硬的薯條，車門上的車窗潔淨按鈕沒什麼屁用，窗外空氣說不定比車窗還髒，偉哉沙塵暴，偉哉市政府應變能力，或許這也是大家那麼愛R的原因之一吧！

砂石摩擦車體的聲響明顯且刺耳，即便有自動感應與剎車，要在這種能見度極差的環境下開車，仍需要極高專注力與路況觀察能力，不過駕駛還是轉開廣播，問我想聽什麼。

我說都可以，不久之後音響便傳來不知名的英文饒舌歌，我聽得懂歌手說Listen，什麼什麼Trust me，Let it down和Shot up motherfucker，其餘歌詞全都迅速略過耳際，和轟隆背景音混在一塊，或許把這些零碎詞彙拼一拼，會拼出意義完全不同的產物。

大家都要去現場幹嘛？

腦中忽然閃過這樣的疑問，也許很大一部分是要湊熱鬧，但死忠粉絲應該早就在那觀看演出、瘋成一團了，現在才出發的除非是遇事延誤，要不就是帶有不一樣的動機。

那麼，是怎樣的動機？跟我一樣是私人恩怨？

應該不至於。我不太能想像，這牽涉的事情太多，我的小小腦袋應付不來，只好開始想別的事，策畫等等該如何行動。

不，我連場地規劃都不清楚，怎麼推演都是徒勞，還是先等……

一路走走停停的汽車這次完全靜止下來，駕駛大動作挪動臀部，轉過頭，露出帶有歉意的笑容，「我只能帶你到這邊，前面基本上已經變成大型停車場了，我今晚還想多賺個幾趟，不想被卡在裡面。」

「這裡是哪裡？」

「二聖二路，盛興公園這裡。」

「前面為什麼會卡住？」

「想進去裡面看表演要審核……應該說是通過他們工作人員的檢查，要帶什麼證件或票我也不知道，總之我要在這裡讓你下車，你手機刷一下。」

「好。」拿出手機感應付款，顯示扣除零元，順道簡短回應柏翰「到了嗎？」的訊息，接著把裝著薯條炸機的麥當勞紙袋塞進背包，開啟車門。

這裡的空氣品質似乎比家附近稍好一些，演唱會的聲響自不遠處傳來，震動一波又一波擴散而至，我確認防塵面罩鬆緊帶是否好好固定，拉下外套連帽前緣。

*

道路被汽車塞滿，幾乎全都是熄火狀態，只開著最基礎的低階懸浮，好讓車體不碰觸地面，車裡似乎都沒人，光線昏暗，我看不清楚，整條街上的路燈沒有一盞發揮功效，主要光源全來自前方棟棟建築物之後，像發光的邊緣，閃爍刺進眼裡。

街上還有其他行人，而且數量不少，但是大多蒙著臉安靜移動，或是只用足以彼此溝通的音量說話，感覺很微妙，像是某種不可張揚的祕密集會。

的確，今晚的主題就是沙塵暴中的祕密集會。

我走過兩個街區，比較大一些的騷動才傳進耳裡，一輛外側噴著R字的物流車打橫停在十字路口，駕駛在車邊對著耳機講話，兩個年輕人戴著紅色臂章走向他，同時點頭示意。

紅色臂章的是表演工作人員嗎？

沒多做停留，繞過他們繼續往前走，車流被黃色封鎖線和鐵桶鍊條阻斷在三多三路的大圓環前，對街幾十年的老百貨大遠百只剩頂樓招牌還發著光，前幾天才剛跟柏翰來這裡，沒想到現在會變這樣。

而且只剩我一個人回到原處。

說實在沒什麼好感傷的啦，柏翰有他的立場，我也沒辦法說出個好理由說服他，不過，他待在家或許可以當後援，有狀況時才不會兩個人一起出問題。

離自由閱覽室還有一小段路，音浪比剛才明顯許多，我注意到前方天空有層明顯薄膜，上頭覆滿灰塵，看不見裡面情形，我拿出手機拍下畫面，傳給柏翰，同時補了句：「這不是科幻電影喔。」

他馬上回了一個「幹」字。

繼續往前走，經過了許多臨時架設在路邊的空氣清淨機，每台都努力運轉著，原本供應給路燈的電力似乎都轉移到這些機器上了，難怪這裡的能見度比較高，呼吸起來也比較順暢。

愈靠近表演場地，周圍的路人便聚集越多，中華五路和三多四路的路口處立了座鐵架構成的巨大灰色拱門，人流全都塞在這裡，紅臂章不停指揮人群動線，我跟著鑽入其中，成為彎曲大蛇的一部分。

比我想像的情況好上許多，沒有警察、沒有拒馬重兵戒備、開放一般民眾進入——甚至沒看到有人出示門票，和影片中所說的「你知道我在哪，但你無法到達」不太一樣，是在變相招攬吸收有興趣的人嗎？

隊伍移動速度並不慢，我稍稍伸長脖子張望，入口處工作人員似乎詢問什麼，把排隊的人群分為左右兩邊，左側通往巨大氣泡旁的營帳，右側則進入演唱會會場。

排了約莫五六分鐘，終於抵達關卡附近，紅臂章手持金屬探測器來回掃描，我不確定什麼能帶進去、什麼不能，沒時間細想，探測器隨即在後背包附近嗡嗡作響、閃爍紅光。

「現在是……？」我迅速被帶至一旁另外檢查，像在機場違規的出入境旅客。

「請把背包打開，我們要確認有沒有危險的東西在裡面。」說話的紅臂章臉戴口罩型防塵面具，三角形大眼上刺著幾個我看不清楚的英文字母，我卸下背包，拉開拉鍊，放在腳尖之前。

「背包有點亂。」我說。

「沒關係……這是什麼？」紅臂章邊說邊將棒型探測器插進背包開口，紅光再次瘋狂閃爍，警示聲尖銳，我這時才想起柏翰的空拍機在裡面，而且放在最上層、接近開口的位置。

「這是……」

「可以拿出來讓我檢查一下嗎？」

「嘿！我就知道你會來！」

李典毅的聲音打斷動作，我們雙雙抬頭，他也戴著紅臂章和口罩面具，看起來明顯喝了酒或抽了什麼，步伐不太穩固，邊笑邊來到我們身旁。

「嗨典毅。」

「嗨嗨，還檢查什麼啊！走走走，我們走特殊通道。」

「喂！李典毅，不能這麼隨便，你這樣是破壞我們的流程……」三角眼出聲制止，語氣明顯透出不悅，我迅速瞄了他一眼，發現他兩邊眼角幾乎黏在一起，像卡通人物。

我差點笑出聲來，但隨即保持理性，身旁的李典毅皺起眉頭，嘖了好大一聲，「幹嘛說成這樣，我們都是被感召的人啊，他身上的R還是Fya親手刺的，不會出亂子吼——而且現在這個階段人手當然是越多越好，不要那麼固執。」

「可是其他人會……」

「吼，少在那邊廢話一堆，」李典毅擺擺手，提起背包交還到我的手上，要我跟在他身旁，「走了。」

我不太敢回頭看三角眼的表情，這種嚴肅緊張的情況不能隨便開玩笑，李典毅的機械義肢攬在我肩上，陣陣冰冷透過外套傳進皮膚，可無法鎮靜開始發癢的胸口刺青處，我們走近拱門，七八個工作人員紛紛抬起頭，似乎在等待我們表示些什麼。

「給他們看一下你的刺青。」李典毅做出指示，大步走向看起來是小組長的傢伙，我解開外套拉鍊，掀起上衣，啊，還有一層紗布。

「你朋友？」戴細框眼鏡的小組長開口問道，我有些手忙腳亂，乾脆又把背包從身上卸下，用雙膝夾住。

「對啊，大家的新朋友。」

「為什麼R的刺青要用紗布遮著？」小組長不理會李典毅的回答，將疑問拋向我這裡，我終於撕開緊緊黏在皮膚上的透氣膠布，橫跨刺青的傷口還是一樣醜陋歪斜，加上我有上藥，似乎開始有些發腫褪色。

「被劃傷了。」

「劃傷？」這次換李典毅挑起眉，啊，我那天好像是跟他說：我也不清楚傷口怎麼來的。

「這樣不太行欸……如果R的圖樣不完整或是模糊，可能就沒辦法進到會場裡面，畢竟這是用來識別同伴的。」

「這是Fya刺的，品質保證，應該還是可以進去吧？」李典毅試圖幫我解圍，但小組長似乎不願退讓，擺頭轉向我。

「就算是Fya刺的，現在看起來還是沒有符合規定，還是你要重刺一個？等等走左邊那條通道。」

「重刺一個？一定要嗎？」我說。

「對。刺好才能進會場。」

這麼嚴苛啊……也難怪他們會說大家無法到達，畢竟入場前得先做好相應的覺悟。

「那規定是怎樣？有明文寫出來嗎？」我反問。

「最起碼不能有傷口從正中間切過去。」

「可是被劃傷也不是我自己願意的，我是受害者欸。」

「跟是不是受害者無關，除非是R親自用刀子割的，不然我們沒辦法放行。」

咦？所以現在……

「那個，呃，這就是R割的。」我微微舉起手來，就像教室裡意見最多、卻也最被討厭的死小孩。

*

我無法確定這樣做會帶來怎樣的後果，R恐嚇時的語氣神情仍歷歷在目，她要是知道我正巧錄下影片，還光明正大給她的粉絲傳閱的話，肯定會號招旗下信眾好好處理我一頓……

但是反過來說，現在或許正是釋出影片的最好時機，證明我是真的被R劃傷，同時讓我順利進入會場，最後多少動搖一些Rebel們的軍心，讓他們不再那麼崇拜R這樣的暴力狂。

好吧，最後一項應該不太可能，純粹癡人說夢。

小蝦米對大鯨魚，高下立見。

分岔的通道旁是另一座黑布遮蓋的搭棚，我的手機仍握在小組長手中，他把職務先丟給其他人，帶著我和李典毅進到堆滿雜物的棚子裡，看了約莫45秒的影片整整三次，重複再重複。

我跟著看了第四遍，先是尋找洗手台水龍頭時的視角晃動，自來水嘩啦啦啦，接著緩緩拉高、扭頭，閃爍寒光的刀片倏然而至，倒抽一口氣，小駱面無表情搭配冰冷語句：

「你是誰？是R嗎？」

「Re……Rebel？」

「是還是不是？」

「我是、是啊！我是Rebel。」

「好，那你為什麼會出現在這裡？」

「我……我也不知道，我被鯨魚、那頭白鯨選中，醒來就在這裡吐了。」

「第一次抽嗎……離開，現在立刻。」

「好……」

「你在這裡誰也沒遇到，記住了，誰也沒遇到。」

「好。」

「你現在看到的，都不會繼續存在你的——

不只我的聲音聽起來像白癡一樣，影片也斷在尷尬之處，小組長抬起眼望向這邊，目光像錐子一樣將我穿刺，我試著不讓自己的緊張流瀉而出，努力和他對視。

可惡，胸口真的好癢。

「這個人，是維卡的小駱吧？」小組長問道，語氣有些遲疑，李典毅點了點頭。

「對。」我說，我記得維克的櫃台邊擺滿了R的周邊，他們說不定都相互認識，只是我不知道。

「不對啊，這不就代表R是小駱嗎？」李典毅插嘴，他明顯比小組長更不能接受這個事實，嗓門大得要死。

「你小聲一點。」小組長繼續問道，「也就是說，R是女孩子？」

我再次點了點頭。

「我一直以為R是男生，他的聲音都是……他是不是都用變聲器？」

「嗯，而且，R的身形確實不太像男生。」

「小駱的班表有時也很奇怪……然後都約不到一起去看R的表演。」

「說不定她只是不想給你約。」李典毅補充，被小組長斜睨了一眼。

「這是什麼時候的影片？」

「我前幾天……前天，前天在上一場表演的中場休息時間錄到的，李典毅帶我去的那一場。」我補充說明。

「洪荒倖存者？」

「嗯。」

「對，我帶他去的，他把鯨魚吸進去之後，中間去了廁所，回來時就已經受傷了，我還問他怎麼搞得，他說……被碎掉的酒瓶割到？」

「我那時候不敢跟你說……」

「嗯……」小組長與李典毅同時發出思考的低吟聲，一個將手機還我，另一個則走向帳篷出口。

「李典毅，你還是先帶他進去吧！既然是Fya親手刺的，我就先不追究，這影片我會傳進群組，讓大家討論一下。」

「好喔。」

「然後……你陪他一起逛逛。」

「……好喔。」

順著小組長的指示方向走出營帳，仍有一堆人擠在關卡外等待入場，我和李典毅並肩而行，轉彎，背對一雙雙投射而來的雙眼，通往會場的右側道路並不長，我們之間沒有人先開口，就只是步伐相似的往光亮之處前進。

李典毅大概在想關於R的事，我偷偷用眼角餘光觀察他的表情，但一無所獲，板著臉的李典毅在抵達廊道盡頭時說「歡迎光臨」，閃爍綠光的眼睛仍看著遠處。

我起腳，踏入煙霧蒸騰的反抗軍大本營。

好，R，我來了。

*

It's a carnival

Take me back to 94'

It's a carnival

With my same old rhymes and flows
It's a carnival
Sugar and spice and everything nice
It's a carnival
We can staying up all night

眼前的場景就和歌詞唱得一樣，完完全全是個熱鬧的嘉年華，會場裡的人們隨著樂音搖動身體，熱烈交談笑鬧，即使現場比想像中簡陋許多，棚架似乎都是臨時搭建，有些甚至亂搭一通，隨時都有可能倒塌，但沒有人真的在意。

兩側延伸至盡頭的攤位什麼都有賣，大魷魚、ＱＱ蛋、鹹水雞和電子菸、隨身投影器攤位交錯，發著各色光線的氣球與無法飛太高的小飛行器在低空中飄來盪去，我拿起手機拍了張照，轉頭看向李典毅。

「紅臂章買東西有優惠嗎？」

「……應該沒有。」

他仍一臉嚴肅，低頭看著手機群組裡跳動的訊息，小組長傳進去的影片開始發酵了嗎？

勾起嘴角繼續往前走，舊書攤、大腳桶、小音響、手錶、風格奇特的衣服、R的全系列周邊、鐵絲手工藝、隨身泡泡製造機、炸熱狗、漂浮冰淇淋兼七彩糖葫蘆……右轉進去全是玩遊戲的攤位，左轉則是有座位的小吃舖，每隔一百多公尺便會出現在路旁的黑色大音響即時播演舞台狀況，似乎台灣所有獨立樂團都跑來共襄盛舉了，剛剛是苦茶吉姆，現在則是阿猛的有趣嗓音。

我隨手接過迎面而來的紅臂章遞上的布巾，大紅底色搭配白色R字，沒有例外，路上每個人都有一條，綁在手臂或背包上，我將其中一端搓細，塞進口袋裡，其餘一大截露在外頭，隨步伐晃蕩。

也許是順利進到會場，加上事態有很大機率朝對我有利的方向發展，心情比稍早舒暢許多，我將照片傳給柏翰，沒有回應，沒關係，他可能還在跟電視台的空拍機奮鬥。

接續在道路之後的，便是打上亮光的自由閱覽室及巨大舞台，好幾面三層樓高的懸浮投影牆架在人群之中，不同角度紀錄演出者身姿，R的投影標誌則在頭頂與氣泡外的沙牆上來回移動，聲光效果甚至比許多大型售票演唱會還要精彩。

阿猛的演出剛好到一段落，我們離觀眾們還有一小段距離，再次扭頭，一直跟在身後幾步的李典毅卻不見蹤影。

「咦？跟丟了嗎？怎麼會？」

不遠處有幾個紅臂章，身形明顯和李典毅不符，附近也沒見著同樣是綠眼珠機械手腳的人，他怎麼會一聲不吭消失？又接到什麼任務了嗎？

尖銳刮盤聲截斷中場休息的輕快爵士樂，拉回我的視線，十數管白煙朝廣場中央噴射，就像某種張牙舞爪的雷雲聚積，原先照亮天際的聚光燈一座一座熄滅，白鯨在此刻轟然登場。

先是巨大得不像樣的頭部爬滿藤壺，每顆牙齒都和休旅車一般大小，牠昂首往上方游去，激起煙霧構成的碎浪與眾人驚呼，豪不吝嗇展示在眼前的腹部刻滿文字和符號，我僅能辨認出部分像是樂譜、部分看似佛經、部分又錯雜歌詞，這些都是R思想精華的具現化，行行羅列，段段如詩。

炫耀性展示完畢，白鯨身軀無預警朝廣場倒下，驚喜與驚嚇尖叫參半，我仰頭看著牠籠罩上空，直至填滿兩側視野的極限──碰撞、壓潰、更多更多煙霧飛濺蔓延，乍聽之下如水花淅瀝的人造噪音湧出音響，白鯨尾鰭滿是破損傷痕，先高高揚起，再自上而下用力掃動，將白煙全推向舞台。

「降世」兩字打在煙霧外側，充滿科技感與震撼，霸氣十足，類似機器底噪的背景音逐漸退去，空襲警報聲升起，和投影標誌一起在廣場迴旋共鳴，我不由自主盯著舞台中央，等待主角R自紛亂之中登場。

接續之後的是哭聲、噪動以及意外違和的歡聲雷動，空氣的味道明顯變了，有點像那天李典毅他們抽的菸，但更為清甜，我想起前幾天發生的情況，拔開腰際面罩，果斷戴上。

身邊開始有人動作誇張左搖右晃，又哭又笑，R遲遲不從煙幕裡現身，但周邊煙霧如網，像是有許多人在另一側奮力掙扎一般，無數雙手拉扯抓取，哭喊哀號聲漸大，像一隻隻懸浮飄盪的灰黑水母，哇啦哇啦被轉身繞回廣場上空的白鯨大口吞吃。

呈現生活苦痛與白鯨能解除眾人焦慮的意象嗎？

很厲害，真的很厲害。

撇除R本身近乎邪教領袖的特質與暴力傾向，無論是視覺效果或是聲音鋪排，呈現在此的一切事物，我都打從內心感到讚嘆，可是……

忽然有隻手掌罩住我的左肩，轉頭，是個從沒見過的人，身上掛著暗紅似血的臂章。

*

事發突然，背包裡的東西就這樣一個一個被拿了出來，我毫無反擊之力。

柏翰交付的空拍機擺在離我最遠的地上，盒蓋在檢查時被撬開一角，不知道剛剛他們丟地上時有沒有傷到機器？接著是手電筒和迷你氧氣瓶、替換用集塵罐開了又闔、攤開皺巴巴雨衣、以及握在紅臂章手中，黑得發亮的甩棍。

搶去背包的兩個黑衣人帶著相同規格防塵面罩，一左一右慢慢靠近，圍在外圍的紅臂章們有些充當牆面，避免引起其他觀眾注意，有些開始檢查背包裡其他物品，我迅速算了算，他們總共有八個人。

還是不見李典毅的蹤影。

「身上有藏東西嗎？我們檢查一下。」比我整整高顆頭的黑衣男義正嚴詞，彷彿代表警察還是某種能夠執行公權力的成員一般。

「你們是誰？」

「東西交出來，不能讓你破壞活動進行。」

「什麼鬼？你們到底是誰？」我聽得出來自己的聲音在顫抖，但我問的只是最基本不過之事，憑什麼沒事搶我東西去檢查？

該不會，是R親下的指令？

「他背包裡有甩棍，注意不要受傷啊！」

離我較遠一些的紅臂章大喊，剛剛就是他拍我的肩膀，幹，我才要注意不要受傷吧？

「你好好配合的話，馬上就會結束了。」

「配合什麼？結束什麼？」我反問，「你們沒有出示身分就搶我東西，然後反過來說我會讓你們受傷？這太荒謬了吧？」

「我們懷疑你身上還藏有其他殺傷性武器，趕快配合！」

「我已經通過門口的安檢進到這裡來了，憑什麼搶我的東西？還要我乖乖被你們搜身？」我拉出口袋紅布巾，攤在他們面前，「我身上就只有這個，還是你們發的！」

「狡辯！東西交出來！」左側的黑衣人忽然暴怒大吼，嚇了我一跳，但我僅只皺眉盯著他脖子的青筋，到底是要交什麼鬼出來？

「乖乖配合！」

「快！」

「為什麼啊？」

「因為你違反了一些關於安檢的規定。」終於有人肯正面回應我的問題，我轉頭看著另一個紅臂章慢慢走近，是稍早在入口處的機歪三角眼。

好喔好喔，難怪李典毅會不見。

「哪些？」

「你不用跟我說這麼多，你剛剛根本就沒有檢查就進來了。」

「喔！對啊！還是你負責檢查的！」我故意大聲回應，反正看這情況應該是要被趕出去了，不酸白不酸，「要承認自己安檢有漏洞了嗎？」

「你……！」三角眼的眼角再度黏在一塊，像個噁心的醜蝴蝶結，不等他發號施令，黑衣人們迅速動作，四手齊出，狠狠架住我的手臂肩膀以及後頸。

該反抗吧？但要怎麼反抗？

「壓制帶走！」

眼鏡發出微弱嗶嗶聲，記憶體似乎快滿了，可惡，應該換更好一點的，我試著眨眼將檔案上傳雲端，但額頭的汗水在掙扎中流進眼裡，又鹹又刺，其他紅臂章也圍了上來，像受飼料吸引的魚，接著不知是誰忽然伸出手，朝我臉上狠狠招呼一拳。

眼鏡差點飛了出去，幹。

我在控制住情緒之前踢出左腳，踹歪了一個紅臂章的面罩，然後是右腳，可惡踢空，推在身上的力道仍然沒有減弱，他們一邊壓制我的行動，一邊又支撐著我的體重，慌亂掙扎之中，腦海忽然浮現古代原住民抓山豬去炭火下烤的畫面，山豬的內心當時肯定是五味雜陳吧，不對啊！這麼大的騷動，難道沒有人注意到嗎？

R的音樂這時才傳入耳裡，啊，對，不用想也知道，其他人正要進到另一個更高精神次元的所在，那裡推崇反抗與救贖，就和紅臂章與黑衣人現在的行為恰恰相反，我向後倒去，三四隻臂膀托住背部，將我整個人扛離地面。

手腳都被緊緊箝住無法動彈，我有些無法在悶熱面罩下呼吸，黑色手臂與面罩交錯，我從空隙之中看見那頭白色鯨魚緩緩游過上空，接著側身掉頭，巨大黃眼珠充斥混亂與瘋狂，彷彿真的看向我們一般。

或許牠其實一點也不在乎。

「嗶——嗶——嗶——」

咦咦？原來影片有成功上傳，太好了，柏翰應該會收到吧？

接下來就交給他了。

*

秩序的相反詞是為混亂，就和我現在腦中的狀態一樣。

要將秩序轉為混亂狀態從來都不難，只要稍稍有個破口，讓病毒從外頭進到秩序之中，甚至無須種下任何種子，一切就會自然而然發生，劈哩啪啦吧吧吧，碰！畢竟人不是機器，無法無時無刻讓自己符合鐵一般冰冷死硬的規範。

之後會發生的事就只剩程度上的差異，自一點點脫離準則的小小思想泡泡開始，接著是小規模的集體暴亂騷動，然後是改變國家甚至是動搖世界根本的活動與影響，最後歸趨毀滅——也有可能是全新的開始。

我想我也是病毒。

不知從什麼時候起，我就意識到自己是病毒一般的存在，即便偽裝成其他細胞、和其他螺釘一起認份在這城市內過活，我還是病毒，即便和李典毅他們相比，是比較不容易被辨識、容易瞞過大家的那種。

學生時期穿上學校制服融入群體、大學時和大家一樣打工賺錢籌學費生活費、當兵時進餐廳前大唱愛國歌曲——

或許，病毒們或多或少都受到了一些影響吧？

因此當病毒們團結起來，試圖建造屬於自己的混亂世界時，才又開始下意識用起維持秩序那一套，將更不受控、試圖提出質疑的自己人隔離與抹殺。和生理時鐘那惱人東西的運作模式一樣，無法真的由意識控制，紅臂章跟黑衣人大概也沒有意識到自己的所作所為就跟他們痛恨的人一樣。

於是我被送到了這裡，手機背包全被收走，這裡實際是哪裡我也不確定，套頭的紙袋被揉爛扔在一旁，總之，我被關在這裡，哪裡也去不了。

除此之外，全身肌肉又酸又痛，體溫也比平常還高，幹，該死的破傷風疫苗。

四面牆，一扇門，一口空調送氣孔。

我躺回地上，再次研究起在手腕上勒出痕跡的束帶。

有可能打從一開始R的方法就錯了，不應該以「自由混亂、為所欲為」做為號召，試圖建立自己的信仰，也不應該把和自己不同的人視為敵對分子強制驅離。

可是，這卻又是無可避免的進程，文明代表秩序，不，人本來就是群居的動物，在文明之前，秩序這樣的概念便牢牢刻在基因裡，誰也逃不了。

如果就神的角度來看……算了，想這些也是無濟於事，就算真有神，且真能看到一個可憐蟲被關在這，他大概也不會出手相救。

……無為而治？

原來無為而治就是這樣的意思嗎？讓一切自然而然發生，然後再自然而然消亡？

束帶不愧是束帶，東拉西扯了好久依然毫髮無傷，緊緊限制住雙手的行動，腕上深溝又紅又痛，我翻身，試圖尋找有沒有工具遺落在地面角落……除了灰塵跟幾顆螺絲釘，什麼堪用的東西也沒有。

而我現在就跟那些不知道要用在哪因此被丟棄、被遺忘的灰黑小傢伙一樣，處境又慘又可憐。

到底在這裡待多久了？沒有手機根本無法正確感知時間，加上隔音效果出奇的好，也無法推測演唱會狀況以及清楚確認影片對R是否造成了足夠衝擊，我多躺了一陣子，才從地上爬起，走近沒有把手的門邊。

門上有個小方框，原本可以看看外頭情況，但被從另一側用黑色膠帶封死，可惡，到底給不給人活啊！

回到房間中央坐下，全身上下的家私都被收走了，應該強拉伯翰一起來，這樣被關在這裡還可以聊天，比較不會無聊……

門忽然被輕輕推開，下一秒，一雙小巧的鞋子踏入監牢。

R……！

什麼鬼！為什麼她會在這裡？我想到影片的事，真的要來挖我的眼珠嗎？剛剛不應該坐著的，來不及移動了糟糕糟糕！

R——或是該稱呼她為小駱，並沒有把門關上，繼續走到我面前，面罩及耳機掛在腰際晃啊晃，低頭直勾勾望著我，滿頭大汗，但連喘也不喘一下。

「你想要什麼？」佇立了三秒左右，這是小駱第一個拋出的語句。

「什麼？」

這什麼問題？我才想要問妳吧？

「你是真的不知道嗎？還是又再跟我裝傻？」

她用了「又」字，是在指上次廁所那件事嗎？我看著她戴上變色片的眼睛，這次稍稍有了些情感，但明顯是憤怒與不解。

「妳是指哪一件？」

「全部。」語畢，小駱左手腕上的錶迸發光亮，兩部影片同時投影在空中，一部是傳進她們工作人員群組的廁所短片，另一部則是我被捕時的畫面。

「這是……」

「是什麼？」

「我……」到底該說什麼才不會被痛揍一頓？我一時語塞，雙手在束帶裡扭來扭去。

「你為什麼要阻攔我？」

「我沒有阻攔啊！我只是……」

「只是怎樣？」

「只是大家都陷入了某種瘋狂，某種對妳的瘋狂，但是妳這樣做真的是對的嗎？」

「誰對誰錯輪得到你來決定嗎？」忽地語調高昂，小駱憤恨踏地，拳頭握得又緊又用力，甚至噴了幾滴口水，「難道說你這樣破壞我的計畫，就是對的嗎？」

「我甚至不知道妳的計畫是什麼！我要怎麼……唔！」

小腿與鞋尖來得又急又快，踢在我分不開的兩隻前臂之上，我向後滾了一圈，鏡框往右下方歪斜，發出嗶嗶嗶的錄影預備聲。

「你還想要錄影嗎！」小駱嗓音混雜哭腔，像受盡委屈的小女孩，和之前的冷酷截然不同，我側身翻滾，躲過下一次踢擊，花費好大功夫才從地上爬起，但她的右手指尖猝然甩上我的雙臂，我後退好幾步，疼痛才開始蔓延。

幹，流血了，滴在髒兮兮的地板上。

「妳幹嘛！什麼事都要用暴力解決嗎？」聲帶緊縮，我對著揮舞刀刃的小駱用力吼道，肺裡的空氣全被我吐了出來。

「……嗚嗚嗚嗚嗚……你……」小駱全身顫抖，忽然哇的一聲大哭出聲，該去安慰她嗎？不，現在更重要的是——

我拔起雙腿朝出口狂奔，繞過掩面啜泣的小駱，伸手拉開輕掩的門。

碰。

*

我手裡抓著空拍機，在塞滿大小紙箱的通道裡快速移動步伐，憑直覺選擇叉路轉彎方向，幾秒鐘之前，空拍機狠狠撞上額頭，螺旋槳差點攪爛我的左眼，沒有鏡面可以確認傷口，但溫熱液體緩緩流下，伴隨該死的疼痛和灼熱感。

希望不要深到需要縫，媽的。

而且胸口發癢不止，束帶的關係，我也抓不到，幹，可惡啊！

不知道這台空拍機是誰的，但肯定不會是R她們，讓空拍機飛進這種狹窄廊道之中也太不合常理了，說不定是記者在找什麼？

機器上面的攝影機還在運作中，我的眼鏡不太可靠，必須先記錄下我逃出這裡的過程，以備不時之需。

外頭時不時有鼓聲重拍與歡呼聲傳入，和剛才的房間相較之下隔音差了許多，應該還在表演會場內，不過是比較邊陲的地帶。

後頭沒有其他人追過來的跡象，我放慢腳步，將注意力放在周遭的紙箱和雜物上，交通錐、工地安全帽、成堆海報、好幾箱彩球……轉彎後是幾支truss鋼架、破掉的舞台燈、延長線、以及一箱又一箱衣服。

這裡會是舞台後面堆雜物的地方嗎？

幹，我甩甩頭，除了左眼皮跟眉毛之外，兩隻手臂也痛得要死，我抬高雙手，用衣袖擦掉不停滑進眼眶的污血，血和汗濕黏成一片，像被紅色顏料潑了半身，連內褲也遭受波及。

越往前走，走道兩側雜物數量越趨減少，我邊走邊將手上的血液留在塑膠隔板牆上，確保迷路時不會原地踏步，這裡的燈管比剛才還亮，我想我沒有推論錯誤，還在會場內……門！是門！

一左一右兩扇灰色鐵門距離腳下不到二十步距離，我衝上前去，側身壓下中間橫桿，顧不得傷口疼痛，使勁向外推出——

音浪滾滾灌入，差點將我沖倒在地，抬起頭，異常巨大的尾鰭自空中拂掃而過。

我一時不知該如何詳細描述眼前景象，那是種超乎常理與想像的存在，雜訊與文字符號匯聚成鯨的形象，像無數海底生物組合成的群體，時而鬆散時而緊密，但表層卻又覆上另一層投影，藤壺和　魚等寄生物清晰可見，卻又在雜訊影響下閃爍不止，下方人群鼓動，陣陣煙霧如一團又一團的靈魂升空，隨著鯨的游向飄動。

而右手邊挑高舞台兩側乾冰瘋狂噴射流瀉，周圍大螢幕即時撥放畫面，我果然還待在會場裡！我猜這些通道有好幾個出口，方便工作人員進出與堆放雜物，腳下人工草皮散發奇異香味，不遠處還有座低矮天橋……我認得！這裡是新光碼頭！

除了幾對忙著舔去對方汗水的情侶躲在陰暗角落，周遭沒什麼人，很好，沒有離得太遠，接下來先去一趟醫護站，順便把束帶解開……

沒走幾步路，熱情歡呼聲響徹雲霄，明顯是主角上場的預告，我又用袖子擦了臉一次，定神往其中一個布幕看去，煙霧之後顯現的是R，原來沒有追上來是因為要上台演出了，真是天助我也，感謝眾神庇佑。

但是R並沒有馬上開始表演，反而像失神了一般定在原處，歡呼聲一陣一陣催促，她也不搭理，乾脆伸手將DJ上的音量旋鈕轉到最小，接著伸出食指，擺在面罩外嘴唇的位置。

塞進成千、甚至上萬人的會場瞬間安靜下來，彷彿空無一人，只剩風沙吹過的聲響，鏡頭切換帶向觀眾，即便再怎麼迷茫或酒醉，每個粉絲歌迷表情肅穆，全都微微曲起膝蓋、小腿肚肌肉緊繃，等待話語落下或音樂開始那瞬間的時機，準備離開地表大吼大叫。

恐懼爬上心頭，害我起了一身雞皮疙瘩，這簡直就像巫術一樣，輕鬆自如掌控人心。

「你們……愛我嗎？」R有些遲疑，但字字堅定。

「愛！」尖叫搭配吶喊。

「你們……相信我嗎？」同樣的語調，每個人都知道答案的問題

「相信！」群眾毫不猶豫。

「那……」這次R沉默了更久的時間，緩緩放下右手，「我可以相信你們嗎？」

「可以——」異口同聲，像是心智同一的某種群體生物，他們絕對不會對她有任何異議，是以另一種形式存在的軍隊。

於是R點點頭，一手拉下紅色耳罩式耳機，另一手扯去面罩。

聚光燈下的小駱淚痕未乾，眼妝花成一片。

高雄的空氣凝結了數秒，然後轉趨能量爆發，歡聲雷動，彷彿有顆極大噸位的炸藥在自由閱覽室外炸開，周邊煙火適時迸發，在沙塵暴包圍的氣泡中沸騰躁動。

我的天，和柏翰預測的一模一樣，大家似乎更愛她了。

「先生！先生！你還好嗎？」

「嗯？」轉頭，呼喊我的人似乎有點眼熟，可血液剛好流進眼睛裡頭，我皺眉閉眼，什麼都看不見。

第五日

神說，水要多多滋生有生命的物，要有雀鳥飛在地面以上、天空之中。

*

一夜難眠。

雖然吃了止痛藥，胸口還是悶悶痛痛，X光看起來有輕微裂痕，醫生說還好沒有非常嚴重，一、兩個月之後就會自動痊癒，好險，這種程度就痛得不像話了，更嚴重的話還真不知道該怎麼辦。另外額頭縫了2針與輕微腦震盪，左右手臂則各是5針及7針，加上雙腿跟腰部的大小擦挫傷，只能用一個慘字形容。

謝天謝地，至少還有健保給付。

掛在牆壁上緣的電視播著演唱會實況，對啊，事情還沒結束，可惜我已經無能為力，甚至可以說是捲進了另一個更難處理的窘況。

我也成了大眾聚焦的對象。

幹。

姓名、住所、網路遊戲暱稱、闖過幾支紅綠燈、過去喜歡的對象、國中幹過的蠢事……全被公布在各大網路版面上，不只是媒體，還有許多細節是自稱以前的同學爆的掛，幹，他們到底是誰啊？我記得我以前人際關係不錯啊！除此之外，不幸中的更大不幸，絕大多數是負評，打算直接把我推進地獄的那種。

手機扔在床頭旁，關掉所有通知，大家好像都吃飽閒著沒事幹，爭相傳訊息給我，我不想看，也不太敢看。

到頭來，我的一切行動都是意氣用事、徒勞無功。

「唉……」

幹，連嘆氣肋骨都會痛。

*

幾個小時前，語宸——診所那個說她大腿有刺青的護理師，在星光碼頭的邊陲地帶發現了我，跨大步狂奔過來，她是現場醫護人員，第一句話就是「先生先生，你還好吧？」，接著才面露疑惑：「你是？我很像看過你？」

「對，」即使眼睛糊成一片，我還是認出她早上曾在診所幫我包紮過，「但我眼睛裡面都是血，沒辦法看妳刺青的說。」

她發出「這什麼爛笑話」的笑聲，但隨即改變語氣，「白癡喔！還有心情開玩笑？又受傷是怎麼回事？還有，這是束帶嗎？我們到亮一點的地方，先幫你確認一下傷口情況。」

遠處仍在暴動，R正在拔下面罩，語宸時不時回頭觀望，我知道她也是R的死忠粉絲，反倒有些不好意思起來，打擾了她的重要時刻。

「……抱歉。」

「抱歉什麼？」

「讓妳錯過這種……呃，重要的場合。」

「你不也是嗎？」語宸反問。

「我嗎？我其實也還好啦！不是真的非常愛她……」

「不過，如果R就是小駱的話，反而就不會那麼崇拜了。」她說。

「嗯？為什麼？」

「嗯——不知道欸，小駱我認識啊，維克的小駱，你能自己走嗎？」

「可以。」我點點頭。

「好，我們先到帳篷那邊，」她伸手指了指右前方，「大概是沒有那種神祕的感覺，神祕的距離感吧。」

是這樣嗎？我沒有繼續回應，和語宸一起進到帳棚下，帳下五六個人同時抬頭看向我們，但半數以上的人隨即轉頭，繼續盯著掛在帳篷上緣的小螢幕裡R的即時表演影像，其中一個人從左側湊上前來，另一個則拿出手機，似乎低頭找尋什麼。

「怎麼了？還好嗎？」湊上來的女生留著紫色長髮，她伸手拉開一張椅子，示意我坐下。

「不怎麼好，我先拿毛巾給他擦臉。」語宸說。

坐下與擺好空拍機花了我一些時間，紫髮女孩在一旁整理藥品，語宸塞給我毛巾後則蹲下身，從架上捏起一把銀色剪刀，「我先幫你把褲子剪開，你膝蓋的血透出來了。」

「一定要剪嗎？」我問。

「那你脫得下來嗎？褲子……等一下，你手上怎麼會有束帶？」

「呃……」

「沒關係，我先幫你剪開。」

剪刀唰唰，雙臂終於重獲自由，接著是褲管的部分，語宸半剪半撕，將黏在傷口上的布料小心翼翼剝開，痛感遍佈全身，但我拔掉眼鏡，將臉埋進毛巾裡，硬撐著不發出呻吟，想多少保留一點顏面。

演唱會仍在繼續，R說的話一字一句穿過痛楚，傳進耳裡，聽起來像眼淚隨時都會自眼眶噴發的可憐小孩：「……身為一個公眾人物，我一直想要保有一點點私人的空間與時間，對我來說，每次上台都是一種挑戰，我愛你們，也希望你們都能愛我……可是我卻一直自私的，想要把最後的一些自我保留給我自己，因此我戴上面罩，只告訴你們我是R，然後時在心裡想，如果你們能一直愛著R就好了，這樣我就可以繼續躲在R的陰影之後，繼續偷偷的做我自己，偷偷保留自己的樣子。」

「可是，終於還是有不喜歡R的人，想盡辦法想要揭開我那麼微弱的防護，想要知道面罩底下的長相，想要知道更多關於R……不，是關於我，也就是小駱的事情，維克的小駱，你們都認識吧？因此他不厭其煩的入侵我的休息室以及私人空間，甚至是在剛剛，演出的前一刻，他才從我眼前逃跑。」

不會吧……這個女人在說些什麼？我的雙手撐著臉，縮在毛巾之中，豎起耳朵，仍能感覺語宸雙手動作，不過這種時候，那些傷口刺痛似乎都算不了什麼了。

「他上傳了一些影像，一些關於我以及整個團隊的相關影片與畫面。我不能否認這些影像片段的真實性，為此，我先在這裡向親愛的你們道歉……」

帳篷裡數人同時倒抽口氣，連正在緊急處理傷口的語宸也停下手邊動作，我危顫顫放下毛巾，戴上還染著血的眼鏡，所有人都抬著頭，面朝電視機方向，除了那個滑著手機、和我一樣也戴著眼鏡斯文男子，他直愣愣盯著我，像某種人形掃描機。

「是你嗎？」他問。

「呃……」

「救護車來了。」語宸忽然接了這句話，趕在眾人回頭之前，「你能走上車吧？」

「可以。」我回答。

發現我試圖站起，紫髮女孩從旁走來協助我起身，於是兩人一左一右將我攙扶出帳篷，救護車已停在面前，後門無聲開啟。

「啊，還有空拍機。」

「我幫你拿……語宸妳要跟他一起去嗎？」紫髮女孩開口，伸起另一隻手和探出窗外的司機打招呼。

「好。」

*

生平第一次搭救護車，比爸那台十五年破車還平穩許多，不過當初設計時似乎不講究隔音，時不時有鳴笛聲自頂部漏進車內，算是小小的不完美。

擔架並不軟，甚至過於堅硬，一點也不適合傷患，但躺著比坐著或站著舒服多了，我盯著救護車內的天花板，和坐在旁邊的語宸一起聽演唱會現場的即時廣播。

這是我要求的，一副捨不得離開的狂熱粉絲模樣，但實際上是擔心R等等又說了些什麼……雖然我也無能為力。

R方才說的那些話，根本沒有什麼好反駁的，蒙著面人氣便超高的可愛女孩子，在塞滿好幾萬支持者的公開場合，淚流滿面卻又強裝堅定的訴苦說自己被跟蹤狂騷擾的心路歷程，幹，根本無懈可擊。

加上這樣的資源不對等，要是我能掌握話語權——不對，這種情況下即便有再多人聽我說話也沒用，要怎麼澄清自己不是那樣的變態？要是真的能出來澄清，不就代表我就是那個做出脫序行為的白癡？

而且她的姿態根本就和在倉庫裡天壤之別，她脫下面罩沒幾秒就道歉了，我還要對低頭道歉的人說什麼教？更何況，我並非完全沒有錯，難不成要跟大家解釋我一開始是因為抽了奇怪的菸，所以不小心跑進她的個人休息室？之後的所作所為則是要揭穿暴力狂的真面目？

誰會相信啊到底！

跟真心與否無關，跟邏輯推論、誰對誰錯都無關，這就是一場演示給眾人看的秀，每個人都在感覺上頭，憑感覺來決定誰該受到撻伐，誰該下到地獄裡去受苦受難。

「所以……是你嗎？」

一直靜默不語的語宸忽然開口問道，我沒有看向她，舉起脖子太費力了，轉頭也是，

「嗯？」

「R說的那個……犯人？」

「……妳覺得是就是，不是就不是。」我有點自暴自棄，連辯駁也懶了。

「那……」她欲言又止。

我看著白蒼蒼的救護車天花板，等待她繼續開口。

「你是怎麼受傷的？」

「嗯……摔倒？」

「騙人。」她斬釘截鐵，「摔倒會摔到雙手像被刀砍到一樣？」

「剛好摔到刀上，之類的。」

「最好。」

接續的是一陣沉默與忽大忽小的鳴笛聲迴盪車廂，車開得不快，可能是沙塵蔓延的緣故，也可能是我並不算什麼緊急傷患，還可以躺在這裡說玩笑話。

雖然不太好笑就是了。

我不確定時間過了多久，救護車才終於停止移動，大門自腳底板的方向打開，語宸下車讓另外兩個醫護人員將擔架拉出，架好支架後推進急診室，我盯著不斷變化的上方景象，防塵罩、燈管、門框、天花板、燈管、燈管……推到了集中病患的區域，他們叫我等一下，醫生馬上過來。

醫生的「馬上」判定和平凡人比較不同，約莫十分鐘後，戴著口罩的中年男人才探頭進到視線之中，開始一連串的檢查和傷口消毒、縫補與上藥，語宸中途填好資料、確認有人看照後，便先搭救護車回去了，牆上的復古時鐘不停轉動，我說了好幾次謝謝，去了一次X光室和兩次廁所，等到終於打理好一切，已經是凌晨三點左右。

「你要再觀察六個小時，看腦震盪的程度，而且你有點發燒，要好好休息一下。」醫生說。

「躺在這裡？」

「對。」

「好吧。」我癱回原處，繼續看著該死的天花板。

等等，我的手機勒？

試著轉動快被疲憊佔據的腦袋，掉在倉庫？不不不，在被抓去倉庫之前就被紅臂章收走了，這樣算是強盜還是侵占啊？還有，要讓爸媽知道我現在躺在醫院急診室嗎？還是先別讓他們操這個心好了。還有柏翰的部分，看來影片有成功寄給他，可惡，沒有手機沒辦法看網路上大家的反應是怎樣，反而只帶了台礙手礙腳的空拍機——

我幹嘛也把它帶來啊？還在錄影嗎？機器上的綠光與紅光同時閃爍，身為機械白癡，我對這個一竅不通，還是先不要亂動好了。

那現在除了睡覺之外，我還能做些什麼？

可悲的是我現在卻睡也睡不著。

只要眼皮一闔上，這幾天各種超脫日常的混亂狗屁東西便會同時浮現眼前，明明一開始也只是希望早點找到工作，結束沒有尊嚴的待業生活，沒想到會演變成這樣，幹，絕對都是李典毅的錯，要不是他……

「欸，在睡覺？」

「李典毅？」說人人到，伴隨一股難以解釋的菸草味。

「對啊，你先不要坐起來，我看一下病床能不能……」李典毅邊說邊蹲下，伸手在病床下東摸西摸，「啊，找到了。」

上半身隨著床面緩緩傾斜而起，李典毅身上的金屬義肢閃閃發亮，其中一顆眼珠的綠光讓他看起來就像B級電影裡的機器人殺手，我抬抬眉毛就當打了招呼，等他開口。

「許語宸跟我說你在這。」

「你們認識？」

「她醫護組的，不太熟，但還是能問出你在哪裡。」

「好喔。」不知怎的，我有點懶得和李典毅說話。

「吶，你的手機，震動到我都以為口袋裡裝的是按摩棒了。」

「嗯？」

遞過來的黑色方殼不停碰撞李典毅的金屬手掌，螢幕在我伸手觸碰時陡然亮起，一整排不停刷新的訊息與通知，我迅速瞥了幾眼，全是充滿髒話與鄙視的詞彙。

「幹你老師，這三小。」

李典毅聳聳肩，「被起底了。」

「不是啊！重點是……」

「是怎樣？」

「我……」太多想解釋的，反而讓我不知從何解釋起。

「手機原本被收到了保安組那裡，我去幫你偷了回來。」

「嗯。」

「我知道你不喜歡R，但是，」李典毅吸了一下鼻子，「有些事情……」

「不，等等，你現在是在懷疑我的人格嗎？」

「沒有懷疑，這是勸戒。」

「……」

「光是你闖進R的休息室，就已經超不理性了，還有網路上的影片，雖然雙方都有錯，但是你覺得有人在乎嗎？」

「可是……」

「這不是對錯問題，」李典毅舉起手打斷我，繼續滔滔不絕，「我當然知道以你的個性會在那邊糾結誰對誰錯，但是沒有人想知道你的感受你的想法啊！今天連強調隱私的R都脫下面罩了，表示對她來說這已經造成嚴重困擾，就算你是對的好了，誰比較有名？誰看起來比較可憐？」

「我……」

「怎麼可能是你？別傻了。」

我半句話也沒說，一股噁心湧上食道，李典毅半是生氣半是無奈，嘆了口帶著臭味的粗氣，單手扶在病床護手上，繼續說道：「想要吃些什麼嗎？我幫你買。」

我這時才發現已經很久沒有進食了，於是點點頭，聲音有氣無力的程度連我自己都嚇了一跳，「都好。」

「好，那你等我一下。」

他轉身，迅速消失在視野之中。

*

不知是誰打開了電視，是新聞台，鋪天蓋地播報跟R相關的新聞。

先是鉅細靡遺描述她戲劇性的一生，再來是各種生活習慣與表演錦集，短短二十分鐘便說了超過十五次音樂鬼才、行銷奇才這兩個詞，甚至拿出同樣戴著面罩的傳奇DJ雙人組Daft Punk來與之相比，偉哉新聞製造工廠，這世界沒有更重要的事情了嗎？

李典毅遲遲沒有回來，外頭沙塵依然肆虐不已，或許有突發狀況耽誤了行程，但我只能躺在這裡乾等，連翻身都有困難。

除了我以外，急診室內其實沒有人真的專注在電視機上，可我不知道遙控器在哪，我的天，現在就算只看佔據畫面的黑色雜訊，我也心甘情願，絕無怨言。

還是吃點安眠藥好了，醫生有開給我。

我朝病床旁的掛袋伸手，胡亂摸索一通，才撈出整袋藥包，左右拉開封口，拿起十顆藥片相連的鋁箔，啵啵，一次兩顆。

不對，我沒有水。

正準備舉手招呼護理師，熟悉的身影忽然出現，他防塵面罩上的潮帽套著外套連帽，雙手插在口袋，像個饒舌歌手。

「安安。」柏翰摘下面罩，如往常般掛在腰際。

「先給我水，幫我跟護理師要一下。」

「咦？好喔。」

柏翰照著我說的做，看我吞下藥丸，再一口氣喝乾杯水。

「那什麼藥？止痛還消炎的？」

「助眠。」我說，「你怎麼知道我在這裡？」

「就有人手機不接。」

「是要怎麼接？被灌爆了。」

「哭哭。」

「所以，你怎麼知道我在這裡？」

「喔，這個啊。」柏翰湊上前，指了指一直塞在我腋下的空拍機。

「什麼意思？」

「這台就是我那一台，上面有GPS。」

「不是被紅臂章他們收走了嗎？」我一頭霧水。

「對，但是他們打開檢查完盒子沒蓋好，我可以遠端遙控，酷吧。」

「酷你老母，你知道它差點撞爛我的眼睛嗎？」

「這是其次，重點是……你看這個。」

柏翰從背包裡挖出一台平板，小心翼翼放在我的大腿上，螢幕上是一系列相關影片，第一人稱視角，包含一開始在專用休息室廁所施暴的R、嘉年華片段、以及被強制架離時的慌亂場面，柏翰把所有眼鏡自動錄影時的東西都傳上了網路，但標題全是一長串數字。

「為什麼標題是這樣？」

「表示沒有整理過，匆忙上傳的。」

「但是……但是你知道現在的情況吧？」我朝電視機方向抬頭，新聞畫面中正開始出現再熟悉不過的面孔，從小看到大的那張冏臉。

「慘，真的慘。」

「所以這些都沒用啊！」我有些不高興，不明白柏翰為何還能一臉信誓旦旦。

「不不不，你看這個。」

他縮小視窗，點開另一個還未上傳的影片檔。

畫面搖搖晃晃，明顯是空拍機鏡頭，前半段被剪掉了，一開始就處在堆滿雜物的倉庫通道裡，刻意放慢速度似的左彎右拐，直到嬌小身影出現在螢幕裡，推開貼著黑色膠布的門。

那是R。而這是她去問我話時的畫面。

影片的聲音微弱且模糊，但仍然可以聽得大概……

「你想要什麼？」

「什麼？」

「……你是真的不知道嗎？還是又再跟我裝傻？」

「妳是指哪一件？」

「全部。」

「這是……」

「是什麼？」

「我……」

「你為什麼要阻攔我？」

「我沒有阻攔啊！我只是……」

「只是怎樣？」

「只是大家都陷入了某種瘋狂，某種對妳的瘋狂，但是妳這樣做真的是對的嗎？」

「誰對誰錯輪得到你來決定嗎？難道說你這樣破壞我的計畫，就是對的嗎？」

「我甚至不知道妳的計畫是什麼！我要怎麼……唔！」

「你還想要錄影嗎！」

「妳幹嘛！什麼事都要用暴力解決嗎？」

「……嗚嗚嗚嗚嗚……你……」

接續之後的是一連串碰撞，呆頭呆腦的男人雙手流著血衝出房門，一頭撞上空拍機，畫面就此轉黑結束。

有夠難為情，我的臉又紅又熱，像塊會冒煙的鐵板，不過柏翰不以為意，將影片時間軸往回拉一小段距離──

「難道說你這樣破壞我的計畫，就是對的嗎？」

「嗯……這樣的意思是？」我問。

「對，這就是重點，」柏翰點點頭，拇指和食指捏在下巴，「R的計畫到底是什麼？」

「嗯……」

我一時沒有頭緒，和柏翰兩人僵在那兒，全然不知李典毅已回到急診室，站在我們身後。

「你們在看什麼？」

「啊！」身旁的柏翰全身用力抖了一下，我不確定是因為影片被李典毅看到，還是因為看到李典毅，可他並沒有將平板收起，反而是挪開一個空位，讓李典毅可以站近我們身邊。

「我有那麼可怕嗎？」

「……安安。」柏翰說，回復以往鎮定。

「沒想到你除了我以外還有朋友。」李典毅笑了笑，抬高手中塑膠提袋，裡頭是三盒微波義大利麵，奶油、番茄以及青醬，「買二送一。」

「剛好。」我說。

於是他們拉來兩張板凳坐在病床左側，一人分得一種口味，柏翰夾在我們中間，對我使了使眼色後，將平板轉向李典毅。

影片又播了一次，李典毅原先窸窸窣窣拆開筷子封套的手指停下動作，他抬起眼，先是看看柏翰，再轉過來望向我，額頭滿是深邃皺紋，「你到底在幹三小？」

「要我解釋在裡面時發生了什麼事嗎？」我聳聳肩，不置可否。

「說，你說。」

「基本上我被那個三角眼帶隊搜身之後，他們就把我扛去一間……」

「等一下。」柏翰忽然插嘴，竹筷子在空中夾啊夾的。

「怎樣？」

「你不是原本跟他在一起嗎？」指尖施力，筷子陡然朝左一指，「怎麼還會被抓？」

「對欸！李典毅你怎麼突然就不見了？你該不會跟三角眼串通好了吧？」

柏翰一提醒，我才想起這件事，如果那個時候李典毅在的話，或許就不會演變成現在這種情勢，他可以幫我解圍，就像進入會場時一樣，我也不會被五花大綁丟在倉庫小房間裡面。

可面對我的質疑，李典毅癟起嘴呿了一聲，對著柏翰說道，「你怎麼知道我跟他那個時候走在一起？」

「他的眼鏡會自動錄影，自動上傳雲端。」柏翰說。

「幹，所以你們現在是要懷疑我就是了？」

我大概知道柏翰想幹嘛，雖然說這樣風險滿大的，但也足以從李典毅那裡套出許多情報。

「不是懷疑啊，這叫合理推論。」我說。

「幹你娘哩，我也有我的立場，不要讓我難做人，」李典毅放下筷子，伸手從口袋掏出兩支手機，其中一支不停震動，螢幕顯示支援組長來電，「我現在是擅離職位欸！組長會打過來就表示已經被抓包了，幹，如果我真的要害你，我就不會幫你把手機偷過來了，而且你們真的以為空拍機蓋子沒蓋好喔白癡！」

「咦！」這次輪到柏翰和我面面相覷，接著同時盯著李典毅瞧。

「看屁喔！我臉上有沾到大便？」李典毅明顯被激怒，沒半句好話，將便當盒的透明封套粗魯塞進便當下方。

「不是啊！可是你不是R粉嗎？」我有些難以置信。

「所以勒？」

「你應該要幫R辯護，站在她那邊之類的。」

「這又不是同一件事，我跟小駱沒到那麼要好好不。」

「所以是，你用交情好不好來判斷到底要……」

「要怎樣？」

不知怎的，我有點說不下去，倦意開始緩慢爬上肩頭，在耳邊呼氣，反倒是開啟這個戰局的柏翰稍稍往後坐了一些，在一旁慢條斯理吃著麵，看我們兩個爭吵。

「總之，你是R的演唱會工作人員，所以反過來幫我很奇怪。」

「不會啊，我崇拜誰跟我要幫誰又不是同一件事情，我們認識那麼久了，你覺得你出事我會站在哪邊？」

「……呃，我？」

「靠妖啊，」李典毅搖頭嘆氣，不想再跟我溝通，「吃飯啦幹。」

我沒再說什麼，盡量將黏糊糊的義大利麵吞下肚，柏翰起身幫我把塑膠餐盒收走，躺平，等待人造睡意襲上腦袋。

*

再次清醒時李典毅已經走了，柏翰在椅子上專注滑著平板，我想起身但渾身無力，舉起手掙扎了幾次，柏翰才終於注意到我，探身過來。

「安安。」他說。

「現在幾點了？」

「快九點。」

「早上？」

「對。」

「李典毅勒？」

「他說他還是得回去，就先走了。」

「是喔……他還有說什麼嗎？」

「也沒有。」

「嗯。」

「不過他說叫你注意電話，他可能會打給你。」柏翰補充道。

「打給我幹嘛？」

「我也不知道。」

「嗯……我們差不多也得走了。」我說。

「走去哪？」

「……」

老實說我也不知道，睡了大概四小時，也許世界早就不一樣——電視聲雖不大，但聽起來應該仍然播著R，明明是新聞台，搞得像是什麼二十四小時貼身訪問的綜藝節目，我找出眼鏡戴上，瞇起雙眼……看來演唱會還在持續進行中，事態依舊沒改變。

終於撐起上半身，柏翰塞了顆行動電源給我，眼睛紅通通，我看了看奄奄一息躺在枕邊的手機，下意識抓起，隨即果斷放下，決定先不要面對現實。

「沒睡？」我問。

「對，睡不著。」

「真慘。」

「不看一下手機嗎？說不定你媽有打給你。」

「幹，對欸！」

柏翰這麼一提醒嚇得我睡意全消，雖說已經二十多歲了，但媽聽到受傷還被送進醫院這種事肯定會碎唸好幾個月，先確認一下她有沒有打給我……

「不、不對。」

「什麼不對？」柏翰問道。

「我媽應該還不知道。」

「什麼意思？」

「她應該還不知道我被送到這裡。」

「為什麼？」

我的頭朝電視的方向點了點，新聞剛好播到我的部分，沒錯，連我這種無名小卒都可以佔五分鐘以上的新聞版面，這個國家沒救了。

打開螢幕，右上角的電池是可憐兮兮的紅色，8982則通知，而且還在持續增加中，我的天，人生里程碑，以後有東西可以跟孫子說嘴了。

如果還有以後的話。

暫時忽略那些惱人訊息，通話紀錄是空的，他們可能還在休息，或是在公司睡醒後就直接上工，沒關係，先收拾好回家一趟。

「3號病床起床了喔！」

「你還可以嗎？會不會暈？」

「不會暈的話就可以離開了喔！」

透過走動的護理師，訊息自櫃台那端傳來，我搖搖頭表示一切正常，其中一個護理師帶著柏翰前去填寫離開所需的資料，爬下床，將行動電源貼上手機背面。

手續很快便辦好了，我一跛一跛跟上柏翰腳步，來到難得關上的玻璃大門前，外頭風沙依舊，根本看不清任何景物。

「你怎麼來的？」我開口，柏翰低著頭專注在平板上，似乎在研究什麼。

「坐ViveR。」

「還有送分享餐嗎？」

「我吃掉了。」

「一個人？」

「嗯。」他點點頭，完全不看我一眼。

「你是豬嗎？」

「開玩笑的，我騎你的車來的。」

「你什麼時候會騎檔車……」

「我在猜，R的計畫會不會是這個？」

柏翰打斷我，舉起平板，上頭是一整排像是時刻表的東西，最左邊是日期，再來是地點、名稱以及內容主旨。

「這個是……？」

「我把R過去所有公開表演整理了出來，現在是最後一步了。」

「我不太懂。」

日期	**地點**	**表演名稱**	**內容主旨**
3／26	中央公園	天啟日	發現鯨魚
3／28	勞工公園	神的選民從此不屈服	逮捕行動
3／30	忠烈祠	皈依正道者	背叛

4/2	美術館	血樹	暴動
4/5	戰爭與和平紀念公園	暴亂與鎮壓	開戰
4/9	萬壽山龍泉禪寺	救贖者	內心糾結
4/13	哈瑪星文化園區	鯨	信仰衝突
4/17	苓雅寮車廠遺址	蜜與奶	嚮往
4/21	岡山南夜市	啟程與逃亡	行動
4/26	愛河之心	聖芒	希望
4/28	鐵路新村地下道	洪荒倖存者	救贖
4/30	自由閱覽室	沙塵暴中的祕密集會	真實
5/1	自由閱覽室	新世界	

「你先看。」柏翰邊說，將平板推了過來。

表格裡密密麻麻的字看不出什麼重點，我狐疑地望向柏翰，他沒說什麼，讓平板在空中投影出另一張圖。

「高雄市地圖？」

「標註紅點的部分，是R每次演唱會的地點，我稍微拉遠一些。」

地圖縮小，紅點變得更加清晰，拼成一個歪歪斜斜的艷紅R字。

「這……」

「最後一場他們就直接沿用原場地，那麼大的舞台都架好了，泡泡也築起來了，還要改換其他場地太費工，除非她另有打算。」

「但是，這跟她的計畫有什麼關係？」

「我也不確定，可能是跟新世界有關，R想要打造的新世界。」

新世界嗎？到底是在求學與人生道路上發生了何種變故，才會真的打造出一系列這麼中二的邪教表演啊？還有，大家為什麼那麼聽她的話啊幹！

可我沒將話說出口，和柏翰相視無語，等他將平板收入背包，然後拿出貼滿貼紙的防塵面罩。

「我的嗎？真貼心。」

「貼心也不是一天兩天的事了。」柏翰哼哼兩聲，繼續從裡面掏出外套和我的車鑰匙，「來，拿去。」

「抱歉，太好了，你們還沒走。」忽然有個女聲插入我們對話，是剛才急診室裡的其中一名護理師。

「啊？怎麼了？」

「有電話要找你，很緊急的樣子，說你的電話都不接。」

「噢！」手機關掉所有通知，會發生這樣的事情也是無可厚非，會是爸或媽嗎？還是李典毅？

「我跟你過去。」我說道。

跟著走回繁忙的急診室，電話放在櫃台上，我對著櫃台值班人員點點頭，伸手拿起，李典毅低沉嗓音和平常明顯不同，像是遇到了什麼緊急狀況。

「喂？」

「幹你不接電話！」

「我關靜音了啊！」

「算了，你快點離開醫院，找個地方躲著。」

「為什麼？」

「R下了指令，要把你捉回會場。」

*

情況似乎有些複雜。

戴上防塵面罩，跟柏翰一起往他停車的地方前進，雖然醫院後方就有個附設停車場，但機車專屬區域在最遙遠的邊角，我們必須橫越整個風沙遮蓋的露天場域，才能抵達我那台被沙塵侵襲覆蓋的可憐機車。

我們的動作並不快，那些該死的傷口，還有又腫又癢的胸口皮膚，先回家一趟換套衣服再好好睡上一覺，照李典毅說的，等風波過了之後……

R到底為什麼要把我抓回會場？

唯一想到的可能性是私刑。她在眾粉絲面前說了那樣煽動人心的一番話語，換作是我也會義憤填膺，這時只要再順勢說些什麼來促使這群人來完成什麼目的——

數大便是美，人多好辦事。

我有些不寒而慄，一股冷流自胸口竄升至後頸，如果將犯人逮捕歸案之後公開處刑，對於她的聲望跟威信也只是有增無減……公開處刑應該不是真的想要把我弄死吧？雖然現在警察都只圍在泡泡外圍待命，但是真的發生事情，絕對不會坐視不管……嗎？

先別想這些，這等到被抓到之後再好好考慮，嗯嗯，現在想這些都是徒勞，畢竟……不，還是有些疑慮必須現在釐清。

「欸柏翰。」我隔著防塵面罩開口。

「安怎？」

「我剛剛有講到，李典毅說有誰要來抓我嗎？」

「什麼？」

「我說，」風沙有點大，似乎把許多聲音也一併蓋去，我只好拉開喉嚨，對著前方又問了一次，「李典毅有說是誰會來抓我嗎？」

「我哪知道，電話是你接的。」

「我猜是紅臂章？」

「說不定也有普通人，看到新聞之後想要邀功，抱一下R的大腿。」

「新聞？什麼時候有新聞？」問句還沒說完，眼鏡鏡片彈出一則訊息，柏翰寄來的。

〔快訊〕祭出重賞！知名DJ央求市民將犯人緝捕歸案

在高雄自由閱覽室前舉辦大型演唱會的R在舞台上時有驚人之舉，但這次卻是以受害者身分哭訴自己受辱與驚嚇的經過，在台上聲淚俱下，引起粉絲暴動，直喊說要替她討回公道。

名為〈沙塵暴中的祕密集會〉的大型非法演唱會仍未結束，今日（1）凌晨壓軸登場的R在正式開演前忽然脫去面罩，以真面目示人，並流淚控訴某男子多次闖進她的休息室與私人空間，並錄下多段影片，嚴重侵擾她的個人隱私與作息，並迫使她必須以真正的樣貌面對粉絲與外在壓力。

為了回應R，她的廣大粉絲已開始進行地毯式搜索，希望盡速將犯人帶回會場，以解R的心頭怨氣。

「幹你娘在寫三小？這個記者高中有畢業嗎？」我有點訝異這輩子竟然能看到水準如此低落

的文章，既沒有查證也沒有深入探究，更讓人生氣的是，這則新聞還跟自己切身相關。

「可能記者也是R粉。」

「機掰勒。」我忍不住爆出粗口。

「不過它是快訊，快就容易出錯。」

「這不是快不快訊……吼！」柏翰每次切入的點都和其他人不太一樣，換作是平時，我可能會跟他一起噴垃圾話，但在這樣的情況之下我一點也笑不出來。

「而且不只一下網路媒體有類似這樣的新聞喔，你看。」

「什麼？」鏡片一口氣塞滿好幾則新聞連結，標題大同小異，不用點開也能知道大致內容。

〔最新〕R發表驚人言論！希望眾人揪出兇手

〔社會〕跟蹤狂仍在逃，沙塵中R粉合力緝凶

〔新〕變態兇手已離開醫院，行蹤成謎

〔快訊〕美女音樂人R痛哭，粉絲憤怒誓言逮人

〔最新〕多次擅闖R私人領域，變態男成眾人箭靶

〔最新〕上傳多段R盜錄影片，變態男子疑有共犯協助

「到底……而且你也被發現了。」

「無所謂，」柏翰的聲音悠遠，我看不清他的背影，我就像在無光的夜裡、蒙上眼卻必須趕路的旅人，不確定領路人是否真的知悉路線，但沒有其他依靠，只希望能盡快抵達目的地，「你等一下可以騎車嗎？」

「應該是可以，只是動作不能太大，傷口會痛。」

「好喔。」

「你不騎嗎？我是病人。」

「你的車很難騎，還要押離合器什麼的。」

「現代人。」我補充說道。

「這叫做時代趨勢……」

咻——訊號彈？是訊號彈嗎？

紅光在空中劃出一道歪歪斜斜的裂縫，像開在沙牆上的創口，危險且散發警訊，發出光芒的位置並不遠，就像是針對我們而來。

「先去牽車，應該在最靠近裡面那邊。」走在前頭的柏翰下了指令，要我先走，我照辦，試圖辨認一整排灰黑機車坐墊裡最不合時宜的那個。

看來事情真的朝不可理喻的方向筆直前進了，我伸手接過柏翰扔過來的車鑰匙，金屬薄片在指尖滑了幾下，掉進一旁機車與機車之間。

「幹！」

「幹！搞屁喔！」柏翰大喊，手在背包裡瘋狂翻找著什麼。

「你等我一下，我馬上好。」我探下身，可惡，大腿好痛，鑰匙、鑰匙、鑰匙在……咦？不見了。

「好像有人過來了。」

「鑰匙不見了。」我說。

「不會吧！會不會掉到輪子那邊？」

「有可能……」

再次掃視縫隙，依然什麼鬼都沒看到，或許可以把其中一台先牽出來？我評估了幾秒，每台機車排列得太過緊密，根本沒有施力空間。

還是鑰匙彈到另外一邊，所以這裡才沒看到？我退離機車坐墊，整個人蹲伏在地，伸手朝車底亂摸一通，可惜一點斬獲也沒有，柏翰還專注在黑洞一般的後背包裡，紅光映照他的臉龐，像某種超現實的科幻電影場景。

但現在也夠超現實了。

遠處忽然一聲呼喊，然後是腳步聲快速奔跑而至，柏翰倒退幾步，扭頭說了句「撤！」，我手拉機車後座把手試圖站起，但一個踉蹌……左腳跟踩到了什麼，腳踝一扭，幹，機車鑰匙在這！

「啊我找到鑰匙了！」

「快過來。」

「好。」

多花了幾秒才跟上柏翰，左拐右彎，車停在最裡面的角落，一整塊黑布遮去車身，YAMAHA字樣斑駁，我和柏翰一人拉一角，將皮屑全甩入空中，吃力跳上車，好不容易才將車給移出窄小壅擠的小方格。

之後再回來撿這塊車罩吧！

不遠處人影快速移動，算不清楚有幾個，柏翰跨上後座腳踏桿，終於拉起背包拉鍊，手中則抓著一根長天線，以及一台像是各種機車零件組合而成的怪異機器。

「那個是……？」

「走，先走！」

*

霧霾中的人影沒有跟上，也許是意識到我們已經發現了他們，我催動油門，載著柏翰離開醫院停車場。

沙塵仍肆虐不已，路上車流並不多，我邊騎邊挪高雙手，讓柏翰將電線穿過脇下，接頭插進龍頭下方孔洞。

「那裡什麼時候有插頭？」我有些疑惑，這明明是我的車，怎麼沒發現這種方便的功能？

「昨天晚上。」柏翰說。

「啊？」

「你不在的時候。」

「幹，你偷改我的車喔？」

「這是大工程欸，你看，」不理會我的質疑，柏翰的右手壓在油箱蓋上，嘶嘶兩聲彈出夾層，正好夠他擺放那台怪異機器，「剛剛好。」

「這個是？」現在是緊急時刻，我壓抑心底冒出的些微怒氣，相信聰明的柏翰會判斷情勢，不會為了自己的幽默而做出白癡行為。

「音響。」

「屁啦！最好是——」

「開玩笑的，一半一半，這是類似訊號遮蔽器的東東。」

「訊號遮蔽器？」這我倒是第一次聽到。

「你就想像你是手機，另一個人是基地台，你要跟他講話，然後我在中間大吼大叫，破壞你們的溝通，大概是這樣。」

「我們就會被干擾然後收不到對方訊息？」

「是的。」

「那裝在車上的用意是？」

「有點像是那個什麼……防護罩之類的，半圓形把我們籠罩住，如此一來我們的定位就不會傳上去，他們就沒辦法追蹤我們。」

「這麼厲害！」

「沒錯，除此之外，」柏翰繼續解釋，將天線嵌進後座把手下方新出現的凹槽，「他們靠近我們也沒辦法傳訊息，或是用對講機通話之類的。」

「範圍多大？」

「頂多半徑三公尺再多一點點吧！我也不確定，這趕工出來的。」

「嗯嗯。」

也就是說，只要有這台機器在，就算R的爪牙發現我們，也會無法向上回報，通知更多人手前來圍捕……但是這只適用於我們在被確實抓住之前吧？也就是說，如果他們在找幫手或報告什麼的之前就先抓到我們，柏翰自製的儀器一點用都沒有。

風險還是很大。

甩棍被紅臂章收走了，不知道柏翰那邊還有沒有防身武器，防狼噴霧也好，能擋多少是多少——

開在前方的銀色小轎車忽然急煞，我差點閃避不及，從它後車燈邊角外幾釐米處擦車而過，後座傳來柏翰幹譙聲，我沒時間回應，左側竄出兩台機車，一前一後，車身、安全帽、球棒上貼著R的圖騰，該來的還是會來，但球棒真的太誇張了。

「柏翰你那裡有什麼防身武器嗎？」

「呃……有吧？但用不太到。」

「是什麼？」

「防碰撞氣囊？」

「幹，不會吧！」

「沒在跟你開玩笑。」

「怎麼辦？」

「我是有空氣槍啦，但塞在最下面，拿不出來。」

「……」

「所以交給你騎了啊！我想辦法挖出來。」

「幹！」

車身側壓，我從人行道那側鑽了過去，差點在被撞翻之前先自摔倒地，柏翰再次翻找背包裡的東西，同時對著我喊道：「先不要回家！往反方向騎！」

「不回家要去哪裡？」

「回家太危險了，他們等等衝進去，你家說不定會被砸爛。」

「那要去哪？」我又問了一遍，高速移動下我一點也無法思考。

「自由閱覽室。」

「啊？」柏翰的回答出乎意料，但後照鏡裡的他一臉篤定，撥通手機。

「我先報警。」

「好。」

繞進巷子又離開後接四維二路，只要繼續直行便能抵達演唱會周邊，可事情沒有那麼簡單，才剛出路口，路上車輛忽然不尋常的變多，且清一色是機動性高的電動飄浮塑膠車，他們自前後左右貼近，各個眼帶殺意。

真糟糕，平時排擠檔車就算了，現在明目張膽以多欺少嗎？人家叫你們抓我，你們就真的來抓我喔？啊是不用上班上課？應該全部送回國中學務處再教育一下。

「你繼續騎，等等警察會出來路口接我們。」

「哪個路口？」

「四維跟中華那個。」

「好。」

我繼續加速，引擎發出轟隆隆響聲，柏翰的手忽然又穿了過來，將另一條線接在他那台訊號遮蔽器，然後將某個不重但也不太輕的物體放在我的安全帽之上。

「這是什……」

轟轟

轟轟轟轟轟轟轟轟轟轟轟轟轟轟轟轟轟轟轟轟轟轟轟轟轟轟轟轟轟轟轟轟轟轟轟轟轟
轟轟轟轟轟轟轟轟轟轟轟轟轟轟轟轟轟轟轟轟轟轟轟轟轟轟轟轟轟轟轟轟轟轟轟轟轟
轟轟轟轟轟轟轟轟轟轟轟轟轟轟轟轟轟轟轟轟轟轟轟轟轟轟轟轟轟轟轟轟轟轟轟轟轟
轟轟轟轟轟轟轟轟轟轟轟轟轟轟轟轟轟轟轟轟轟轟轟轟轟轟轟轟轟轟轟轟轟轟轟轟轟
轟轟轟轟轟轟轟轟轟轟轟轟轟轟轟轟轟轟轟轟轟轟轟轟轟轟轟轟轟轟轟轟轟轟轟轟轟
轟轟轟轟

靠北啊！這是什麼鬼！噪音自安全帽外直接壓進內墊，像有人把鬧鐘按在太陽穴上似的，惱人得要命，我沒辦法想像外頭的音量到底多大，但周圍即將一擁而上機車們忽然各自散開，留出一條生路，我除了轟隆聲什麼都聽不到，騰出手按下連接鍵和除噪鈕，將語音音量調到底，柏翰的連帽外套應該也有這個功能吧？

過了幾秒之後，耳裡響起系統連接完成聲，接著是柏翰的嗤嗤竊笑。

「這是什麼啦！」

「讚吧！」

「我差點被嚇死……」

「你想，我們現在發出這麼大的噪音，結果GPS上完全顯現不出我們在哪裡，這不是很酷嗎？」柏翰的聲音掩不住笑意，怪胎人，還真給我用奇怪的方式洋洋得意。

「酷你老母。」

我忍不住邊笑邊回，這是我今天第二次對柏翰使用李典毅的講話方式，雖然他自己的幽默感有時候很惱人，但總歸來說還算可靠……吧？

穿過第五個十字路口，車子斜插進左側汽車專用道，雙線道地面斗大黃字寫著「50禁行機車」，管不了那麼多了，要是被警察開單，就找柏翰一起跟我分攤。

離中華路還有一段距離，原先跟在我們周遭的塑膠車們也湧進身後車道，單人騎乘的加速自左右包抄，雙人承載的則從背包裡拿出各種武器，鋁棒木棒、機車大鎖、高爾夫球桿跟開山刀，幹，開山刀那個違法了吧？警察先生，就是那個人！

自從以前一時興起在網路上搜尋飆車族之後，我完全沒有料到自己有一天會成為他們的目標，有個沒戴安全帽的踩上了座墊，舌頭像狗一樣外露，滿臉興奮熱情，另一邊則有打赤膊肩扛舊式音響，全身刺龍刺鳳金屬義肢的，除了塑膠電動車，車陣中也開始混雜奇形怪狀的改裝車輛，看來真正的R粉也出現了，「柏翰你的那個什麼阻斷器沒有用啊！」

「不是沒用，是範圍太小，只要離開三公尺的範圍再傳訊息，他們還是一樣可以知道我們在哪裡。」

「那音響勒？不是有音響嗎？」

「那只能擋一時啦！他們安全帽開除噪就可以解決了啊！」

「可惡，這樣跑不掉啊！」

檔位已經踩到四檔，油門也轉到底了，加上載著柏翰，如果稍微減速或遇到上坡，這台老車的扭力根本不夠。

兩側貼近的R粉開始伸腳出來準備踢擊，或是急煞轉彎惡意擋車，我左右蛇行，心頭大感不妙，對著柏翰喊道：「柏翰！我們可能要棄車！」

「汽車？你有汽車？」

「不是啦幹！把這台車丟在路邊啦！」我大吼，喉嚨震得又乾又痛，這個時候還在開玩笑！

「要怎麼棄啊？你左右都是車欸！」

「不能棄也得硬棄！」

我悶哼幾聲，牙根一咬，朝著離我最近的可憐蟲側邊撞去。

時速113，車車我對不起你，之後一定會想辦法把你修好的。

碎片像海浪一樣一整層撲打在身上，發出喀拉喀拉的碰撞聲，汽油與雞猶如泉噴濺，我能看見腳後跟的柏翰騰空飛起，背包撐開彈出一個色彩鮮豔的粉紅氣囊，上頭還有兔子跟小雞的可愛圖案。

落地點是中央分隔島的草皮，粉紅氣囊先一步鋪上，我摔在上頭，翻了兩圈半又多一點點才停下，全身上下的傷口像又被刀子捅過一次，又濕又痛，腦袋瓜嗡嗡作響，但現在還不能放棄，一旁差點撞上樹的柏翰也掙扎爬起，拿出兩把灰黑手槍，一把扔過來給我，一把手動上膛。

「裝CO2的，裡面有20顆鋼珠，應該夠用了！」

「幹你現在才終於拿出來喔！」

「背包裡東西太多了，而且在車上是要怎麼開槍？」

「電影都這樣演啊！」

「現在是在演電影嗎白癡！」

倒在地上的機車燒了起來，冒出陣陣濃煙，音響擴大放送的轟隆聲早已停止，可惡，別整台燒壞啊！現在零件很難找啊！跟隨我們的惡煞R紛紛停車，有些前去關心摔在柏油路上的可憐傢伙，剩下的則圍了上來，與我們保持七到十步左右的距離。

現在不是吵架的時候，我摘下撞凹的安全帽，深呼吸，握緊沉重槍身，告訴自己可以辦到，但是……「這打到眼睛會失明嗎？」

「當然，初速到100喔。」

「如果真的打爆他們眼睛會被告嗎？」

「如果我們那時候還活著的話，應該會。」

「幹，兩難。」我說。

「兩你的頭，只能衝了啊，你想被抓？」柏翰轉過身，對著我身後的人扣下扳機，瞄準臉部，「但是盡量不要殺死他們，會很麻煩！」

＊

防塵面具幸運的沒壞，至於其他能減輕重量的裝備我全都扔了，差點連酷子都脫了，我不清楚我們是怎麼逃出那群人的包圍，好幾個靠近我們的不是大腿被鋼珠射穿，就是安全帽破洞後倒地不起，子彈不知道剩下幾發，我沒有時間去算，每抬起一次腿全身就會抽痛無數次，從骨頭裡痛至皮膚表層、再傳導回到骨頭裡面，但我們不得不跑，拔起雙腿橫跨馬路，跑過苓雅國中，穿進生日公園。

警方的交通管制就在前方，可背後騎上人行道的機車們更靠近我們，我們無法直線衝刺，只能像跑酷玩家那樣翻上護欄、跳過斜坡、塞進縫隙、橫越分隔島……R粉的機車前土除撞爛是微不足道的小事，氣喘如牛、摔倒流血也全都是，還有時不時飛越頭頂、掃過背部的武器次數之多，早就超乎其他人一輩子累積的次數，我們死命移動身體，橫膈膜的位置痛得不得了，膝蓋腫脹、腳踝扭傷，完完全全是靠意志力在這沙塵中奔跑。

他們的吼叫謾罵我也聽不清楚，不外乎是「別跑！」、「他跑去右邊了！」、「幹！乖乖給我坐下喔！」、「死變態！」、「你往左邊包他！」……諸如此類，我活到這麼大沒跑過這樣可怕且難熬的障礙賽跑，感謝軍中的500障礙，感謝全副武裝繞操場一整天的訓練。

「幹！抓到你了吼！」

衣服被某個人從身後扯住，撕裂聲貫耳，直接破開一個了大洞，我回身開了一槍，紅色汁液噴髒了面罩和眼鏡鏡面，這是第五次超近距離開槍，之後如果真要清算，我他媽一定會被告死。

我只是戶頭剩不到四萬塊的失業魯蛇啊幹！

擺脫糾纏，我乾脆伸手進衣服破洞撕開，整件脫下，隨手扔上另一個人的臉，柏翰一直在離我不遠之處，他的體力比我好很多，他時不時回過頭注意我的狀況，隨時調整步伐。

幹，要死了，再這樣跑下去就把一整年份的運動量都預支完畢了——

路面突起來的部分撞在鞋尖之上，我一個踉蹌，被柏翰伸手抓住臂膀，「這裡！警察來了！快！」

更遠一些的路口開始冒出大車車頭，那種可以載上15個鎮暴警察的黑色方頭車，車上槍口左右瞄準，朝我們後方噴射高壓水柱，發出強力咻咻聲。

我第一次覺得見到警察是這麼值得高興的一件事，眼淚差點從早已濕潤的眼眶中噴出，我又堅持了好幾步路，跟隨柏翰跑入方頭車之間的間隔。

「報案人來了！」

「沒事了！沒事了！」

「來先送到後面，他們身上有傷！注意一下，身上有很多傷！」

「看得清楚嗎？還可以走動嗎？」

「來喔擔架先上，兩個都要！兩個都要！」

好幾個深藍色衣服的男人將我扶上擔架，送往搭帳的區域，腳步聲左右迴盪，不只用水槍驅離，機器人啟動聲同樣迅速響起，看來警方這次是動真格的了。

可是，怎麼不直接殺進去R圈之內？

我無法繼續思考下去，醫護人員接手擔架，同時檢查手腳及頭部傷勢，我開始有些想吐，腎上腺素逐漸消退後取而代之的疲乏感灌滿全身，我甚至能看見疲累自身體的毛細孔流瀉而出，轉過頭，柏翰和我躺在同一個區域，我們似笑非笑，像一團爛泥巴癱軟在床上。

柏翰的判斷與選擇是對的，那天晚上坐ViveR來的時候沒遇到警察，是因為警察集結在另外一側，也就是我們現在這裡，只要有警方保護，即便沒有辦法擊敗R，也能暫時避避風頭。

至於能避到什麼時候，就之後再說吧！

「那個……」和我一樣平躺的柏翰忽然舉手，打斷我的思考，眾人眼神聚焦，咦？他又想做些什麼？「可以找一下這裡的指揮官嗎？」

「指揮官？找指揮官幹嗎？」一陣靜默後，站在我這側的阿姨反問，她臉上皺紋特別多，似乎比其他人都資深，說話也有一定的份量。

「我有辦法讓警方攻進去。」

包括我在內的所有人心頭一震，柏翰沒理會我們的反應，繼續說了下去：「給我電腦跟一些設備，我可以試著連接他們的訊號基地台，癱瘓他們包含大泡泡和空氣清淨機的防護。」

「攻進去哪裡？」

「啊？」被這麼一反問，不僅是柏翰，連我也不知所措，「演唱會啊！」

「這我們無法決定。」

「我知道，所以我才說要找指揮官。」

「不不不不，你們報警，所以我們幫你們處理後續，就這樣。」

「不，我的意思是，我們現在可以幫忙去對抗R。」

「但你們是報案人，我們不能反過來接受報案人的幫助。」

「可是我可以……」

「你們先好好休息。」

忽然插入另一句低沉男聲，帳內每個人先抬頭後隨即低頭，「長官好。」三個字此起彼落。脖子使不太上力，導致我看不到他的全部長相，可聲音聽起來像是個機歪人。他緩步走到我和柏翰的病床中間，帽緣警徽對準眉心正中，兩眼周圍佈滿皺紋，高高在上，鼻孔又黑又深。

「我們可以提供你們一段時間的保護。」

「這不……」柏翰欲言又止，雖然中間隔著幾個人，但我知道他轉過頭來看我，我不知道該說什麼，只好舉起右手食指，左右來回搖晃。

「你們先好好休息，事情會解決的。」

「謝謝長官。」其餘站著的人異口同聲恭送長官，我對著柏翰攤攤手，然後朝中年男子離去的方向比了中指。

柏翰也回比了相同手勢。

就先這樣吧！剩下的從長計議。

如果還有足夠的時間的話。

*

「現在怎麼辦？」

做完筆錄之後已接近下午兩點，我們坐在床邊吃著警察請我們的難吃便當，我看你你看我，再度陷入困境。

「沒有怎麼辦。」

「這時不是應該說該怎麼辦就怎麼辦嗎？」

「該怎麼辦也不能怎麼辦。」柏翰聳聳肩。

我看著手機螢幕，從最上面往下滑，16885則通知，真的是人類史上的壯舉，但我還是直接把三個社群網路的ＡＰＰ都刪掉，以絕後患。爸有打給我，連續打了兩通，到底該不該回撥勒？照這個事態，爸應該是想要了解詳細情況吧！媽不會主動打給我，不過爸知道的她應該也都知道了，雖然我們跑來尋求警方庇護的事，可能新聞媒體都報導得比我們親身體驗的多，可惡，到底該如何是好？

「所以就放著，然後等嗎？」

「不知道，可能吧。」柏翰說。

「真的不能怎麼辦了嗎？」

「也不是怎麼辦的問題，是給不給辦的問題。」

「也是。」

指揮官的態度很清楚了，警方不是沒辦法進攻，而是不能進攻。

柏翰分析了新聞，大抵是某種地方政府與中央政府的角力，加上地方派系跟警察體系的多重鬥爭，似乎是中央下令要直接以武力鎮壓，但被某個地方政要給制止了，為的是之後的政治生涯還是真的體察民意我不甚了解，總之一切都僵在這裡，而且不是一天半日能解決的。

現在做什麼都不對，但連呆坐空等也渾身不對勁。

而且傷口有夠痛。

「但是，這不是滿好的嗎？」

「怎說？」我問。

「反正你本來就臭掉了，能有短暫的安詳時刻也不錯吧！」

「是這樣講沒錯。」

「只是你這樣之後會不會找不到工作？」

「咦？不是吧！」

我完全沒有想到這點，說不定真會如此，照這種新聞傳播的廣度與洗腦程度，之後面試申請難道要寄蒙面的大頭照過去？還是先跟媽媽借錢去整型一下？

趕緊點開信箱，多了七封新信件，三封廣告，四封面試回絕。

幹，我總共也才寄了履歷給六間公司。

「你可以出國。」

「沒錢出屁國喔！」

「去比較便宜的國家啊。」

「我英文也不好。」

「那只好去打工度假之類的，澳洲屠宰場歡迎您。」

「少在那邊，現在都是機器在殺了好嗎。」

我癟起嘴，現在唯一的方法，只剩暴力解決了。

但是要怎麼暴力解決呢？根本靠近不了R，我看著柏翰，他百無聊賴看著手機投影的演唱會實況，絲毫沒有想要繼續想辦法的感覺。

還是說……我知道這有風險，但還是拿起手機，撥通電話。

鈴響了十幾次後直接轉入語音信箱，故意不接嗎？還是在忙？我想了想，回頭翻找幾天前的通話紀錄，記得是某個沒有登錄進通訊錄的號碼……有了！

這次只響了半聲，迅速果斷的被接了起來。

「喂？」

「喂李典毅。」

「幹你衝三小，你打給我幹嘛啦！而且你怎麼知道這支手機？」

「幫我一個忙。」

「我已經幫你夠多了。」

「這次是最後一次了，真的是最後一次了。」

「幹我是要怎麼幫你？」另一頭明顯不耐煩，我很不會應對李典毅的這種情緒狀況，但是硬著頭皮也得孤注一擲。

「幫我生一台電腦……」

「生你老母。」

「幹，你再不幫我，我的人生就要被R給毀掉了！」

「你是自作……幹你娘，你到底沒事去弄她幹嘛啦！」

「我也不是自願的好不！誰叫我那時候吸了鯨魚啊！我醒來就在她的休息室廁所了啊！」

「你……我……幹，你要什麼的電腦啦！」

我看了一眼柏翰，他低頭研究著某種複雜程式碼，全然不知我在跟誰通電話，「我也不確定，性能好一點的，能跑程式、不會過熱的。」

「要怎麼給你？」

「我不知……等等，用空拍機？」

「嗯……可以。」李典毅思考了一下，似乎有些遲疑。

「那你讓空拍機飛出R圈，不對，有大泡泡，怎麼飛啊？」
「這樣好了，我請人帶給你，從第8區的邊邊那裡。」
「第八區是？」
「貨櫃那裡，我等等傳地圖給你。」
「好，感謝。」
「先約三點，然後我們就互不相欠了。」
「相欠？你有欠我什麼嗎？」這下換我有些疑惑。
「帶你去參加R的……算了，不重要，總之三點第8區貨櫃。」
「好，謝謝你。」
「客氣屁喔幹。」
電話嗶的一聲掛斷，我發現柏翰雙手捧著手機，正巧也看向我這，於是率先開口：「好消息，要不要聽。」
「我也是好消息。」
「你先說？」
「你先說。」
我點點頭，「我借到電腦了。」
「我連到他們的網路了。」

*

警察們雖然都在待命，但不確定是不是因為上層下令的緣故，他們對我和柏翰其實不太感興趣，別再去打擾他們便是，我們拖著腳步輕易溜出帳篷，某個裝滿利刃的拒馬旁剛好有個小空隙，我們蹲下身爬過，然後沿著人行步道穿越兩個街區，偷偷摸摸來到靠近第八區的位置。

李典毅傳來的地圖並沒有非常詳細，只知道那裡堆了許多貨櫃，整個港區從古至今的大方箱全都堆疊到這裡來了，新舊混雜，築成一道厚實城牆。

城牆並不是胡亂堆砌，下方將近百公尺寬度排列整齊，是將近四層樓高的粗糙金屬牆，更上去才是不同尺寸交疊，且中間留了不少間隔擺放機械，讓巨大泡泡可以由此向上延展，明顯是特殊設計過的機關與巧思。

到底是怎麼在短短幾日內建造完成的？

原本打算詢問柏翰，可他仍埋首於手機之中，說要研究一下發信器跟訊號基地台之類的，我一點也不了解那些東西，只好我來帶路，他跟著我走。

離開帳篷前並沒有回撥給爸，還是提不起勇氣，裝作沒這回事好了，之後總是會回家見面的。我邊這樣想，邊拿起手機，2：54，時間也差不多了。

交通管制的緣故，路上無車無人，我們直接橫越馬路，來到貨櫃城牆之下，牆的中間有個像是門的構造，幾乎要把整面牆給剖開的感覺，可能是約在這裡？李典毅只說會託人拿電腦來，好像也沒有講清楚要在哪裡面交。

「是這裡嗎？」

「什麼？」

「是在這裡面交嗎？」我問柏翰。

「我覺得不是。」他抬起頭，左顧右盼。

「為什麼？」

「這也太招搖了吧，又不是什麼授旗典禮。」

「也是，」這次換我左顧右盼，「那會在哪裡？」

「我不知。」

「我也不知。」

「你還是先打給李典毅……」

嘰——嘰——呦——呹——嗚——歪——咿——

「什麼聲音？」

「呃，那個嗎？」

循聲抬頭，鐵皮大門的最上緣似乎開了一點縫隙，我們不由自主後退兩步，皺起眉頭等待，可金屬摩擦聲漸大，像是完全沒有顧慮一般，直至縫隙足以容納一個人擠身而過才嘎然而止。

「這怎麼看都像是陷阱。」過了許久，柏翰才吐出另一句話，我看著他點點頭，再看向因太陽逆照而透著微光的門縫。

身上的傷口忽然痛了起來，像有無數蚊蟲細咬。

「我也覺得。」

「要繼續嗎？」

「嗯，不然也沒有其他辦法了。」我不敢想後續，先踏出步伐。

門縫比想像中窄，我喬了好幾次角度，盡量不讓傷口摩擦到牆面，努力了大概兩三分鐘，才終於來到另一邊……眼前築著另一道巨牆，整體風格與第一道相差不多，不過牆頂擺放安插了更多機具，像是某種投影與音響設備。

我們拔下防塵面罩，比我慢一步進來的柏翰似乎也和我一樣摸不著頭緒，嘴裡唸著「What the f……」，環顧四周。

第二道牆中間的門在我們站定後便緩緩開啟，但尖銳金屬摩擦聲比方才小上許多，門縫後頭立著個人影，懷中捧著電腦，像是女孩子的打扮。

棕色鬈髮，身高並不矮。

許語宸？

李典毅找的人就是她嗎？

我開始回想我們在救護車上的對話，好像不能斷定她是不是R的死忠支持者，可能李典毅比我更信任她，才託她幫忙？還是說她其實不知道我們要用電腦幹嘛？或是，這真的是R的計謀？

現在想這個也無濟於事，身後的柏翰對我說著「幹，這絕對是陷阱，這麼吵是要全世界都知道嗎？」，我對他搖搖頭又點點頭。

「什麼意思？」柏翰問。

「是陷阱也得硬幹，沒得選擇叭。」

「又要硬幹？」

「那有別的辦法嗎？」

「是這樣說沒錯啦，但我們其實可以去附近網咖……」

「最好，一出去就被R粉抓走了好不，而且附近也沒有網咖。」

「但這也太明顯是要設局給我們跳了。」

「要不我們電腦拿了就跑？」我提議。

「跑去哪？」

「回頭跑到警察的帳篷那裡，或是旁邊角落躲起來，中途不要停。」

「好。」

於是我們加速往前走去，想盡快在眾人發現之前結束掉這件事，但對面的語宸不知為何直愣愣站著，不敢移動半步，第二道門仍繼續開啟，試圖一口氣開到最大似的。

另一聲更尖利的刮搔響起，猛然回頭，第一道門不知何故也正緩緩打開，像某種聯動的機關，幹，我們異口同聲，雙腳邁開的步距更大了，三步併作兩步，穿過大鐵門，直直跑向終點，三、二、一、到——

許語宸表情驚恐喘息，眼眶像是有無數顆淚珠打滾，我知道是時候逃跑了，電腦必須拿了就走。她身後站著數以千計風格一致的凶神惡煞，守株待兔，手裡武器渴望揮擊與鮮血。而我們的正上方雜訊罩頂，雷電交加，雲霧湧動，探出一顆寬大凶狠的鯨魚頭吻。是一頭漆黑無比的鯨。

*

我看過那頭鯨。

一時沒有頭緒，但我知道我曾見過那頭樣貌怪異的虛構生物，和代表R的白鯨散發截然不同氛圍，牠的詭異黃眼珠混雜瘋狂與惡意，周身長滿醜陋疣狀物，伴隨閃電雷鳴，是一團純粹的邪惡與黑暗。

不僅是我跟語宸，周圍所有R們也都抬頭仰望黑鯨的誕生，只剩柏翰還清醒著，他一把搶下許語宸手中筆電，轉身往回狂奔，我們來時的第一道門已全然開啟，開入一輛車頭閃閃發亮的黑色鎮暴車。

警察？為什麼警察會在這裡？

不，不是，這不只是R設給我們的局，難道這……

「柏翰！先不要回去！先到旁邊躲起來！」我對著柏翰背影大吼，但隨即被另一聲嘶吼蓋過，我不確定他有沒有聽見，聲源來自上方，來自黑鯨厚實腹腔。

語宸在這時哭了出來，淚珠流淌雙頰，雙肩發抖，包圍我們的眾人躁動，抬起雙腿一齊湧上，我下意識抓起她的手，回頭準備逃離現場，但另一面更多的是手持警棍的鎮暴警察，柏翰已不見蹤影。

雙方交戰一觸即發，而我就處在兩股勢力的正中央。

沒有地方可以逃。

在棍棒揮砍的範圍觸及到我之前，以我那不夠聰明的腦袋想到的辦法，只有靠著卑鄙行事來躲過這一劫，但是，R該不會也算到這一點了吧？

可惡，從頭到尾我都只是棋子嗎？

還是說，連一開始我會跑進她的個人休息室，都是她特意安排的？

我顧不了那麼多，猛力將語宸拉近自己懷中，手掌壓抵腰間，另一手穿過她肩頭，手肘內側緊緊扣住脖子，她驚叫一聲，淚水灑在我的手背上，隨即乖乖就範，一點也不抵抗。

「我沒有要傷害妳，這是要保護我們。」

「……」她沒有多說什麼，我便先當作她認同我的作法，雖然這樣肯定會觀感不佳，給R粉義憤填膺的柴薪，給媒體各種渲染的機會，無所謂，先過這一關再說吧！我想。

於是推著語宸踏出鞋尖，攻向我的武器果然遲疑了，隨即被我們身後的警棍擊倒在地，警察像黑色浪潮席捲，不確定是否詐降，紅色惡煞們出乎意料潰不成軍，一個個被銬上手銬腳鍊，我順勢往會場方向前進，左右兩側多出幾塊盾牌，擋去擲來的土製汽油彈與磚瓦，護衛我們移動。

位於我們正上方的巨大黑鯨也跟著游動，時不時發出低吟，像乘著海浪擺動尾鰭，不疾不徐，享受下方戰事，隨戰線挪動身軀。

第八區離主舞台廣場意外的近，刻意設計似的，廣場煙霧迷漫，仍聚集著上萬樂迷，臉上迷茫神情裹著層疑惑，就像是正嗨到高點時被突擊檢查一般的夜店客人，情境有些類似，但整體來說並不太一樣。

舞台正後方的自由閱覽室比平時更加耀眼，燈塔外型高聳，塔外懸掛的燈全數點亮規律旋轉，樂聲並沒有因騷亂而停止，我定神搜索，舞台上沒有人，反倒是離舞台十數公尺的高空中懸著一個女孩，但我看不清楚鋼索在哪，她就就和過往一樣擅長這種蠱惑人心的演出，像飛騰在空中的偉大魔術師，奇幻且神聖。

廣場周邊大屏幕算準我們進場速度，同時切換畫面，全面且一致聚焦在空中的人身上，確確實實是小駱本人，她沒有什麼表情，雙手在胸前交疊比劃成某個奇特結印，唇齒開闔，下一秒，機器開始運作，各式白色符號湧動，在空中匯聚成另一頭純白之鯨。

就和她的ＭＶ一樣，一開始的初衷，信仰的根源，以及最後的善惡對決。

而在這場具現化的演出中，她代表智識、秩序與善良，而黑鯨會跟著我現身，則是因為我代表著渾沌、黑暗以及瘋狂。

一如她加諸在我身上、媒體大肆報導的標籤，我完美的體現了這一切，包括現在抓著語宸這樣以強欺弱、以男性暴力欺壓柔弱女性的暴力體現，即便我鬆開了手，也無助於整個事態。

而且我無從解釋。

這全都是她設下……不，不只是她，警方跟她勾結串通好了吧！擁有壓倒性戰力卻遲不出動的鎮暴警察，讓我們如此輕易地離開帳旁抵達第八區，如此及時出現的警力支援，以及李典毅原本抗拒卻答應幫助我們……啊！他說得那麼好聽，結果最後是用這種形式背叛我嗎？

這樣評斷他似乎也太重了，我不知道，這全都太複雜了，複雜到腦袋無法處理，卡死生鏽。

警察開始包圍廣場，像源源不絕的螻蟻軍團，我放開腿軟的語宸，讓她癱坐在地，眼前的群眾自動左右分開成一條筆直道路，就像摩西當初分開的海。

小駱正在緩緩下降，我則開始行走，空中的兩頭鯨魚繞著對方盤旋，發出兇惡吼聲，那全都是電腦投影技術與特效，但並不只是虛幻的存在，就某些層面來說，那已經深深影響了我們的心，影響了整個現實社會的意識。

並不想去深入理解小駱的真正想法，這全都只是她計畫的一部分吧！或許犧牲掉我之後，她會往更高的地方去，我們都只是她的踏腳石。

幹妳老師，幹妳祖宗十八代。

我在心底咒罵，看她輕巧降落地面，我們只離不到五步的距離，盯著彼此眼眸繼續往前，她還是一樣藏著情緒，但這次多了興奮與勝利神情，而我的臉肯定很臭，全世界沒有人比我還臭。

「玩得開心嗎？」她率先開口，不同以往冷漠，甚至有些輕浮。

「一點也不。」我回，腦中忽然想起第一次見面時，我詢問她餐盤上的泡泡該怎麼處理時，她給我的答案。

鯨魚忽然開始撕咬起來，半是筋肉半是氣體的身軀交纏搏鬥，發出震天怒吼，所有在R圈裡的人都抬起頭觀望這詭譎而奇妙的景色，周圍暗了下來，攤位、行政區與路上的燈源一盞一盞熄滅，似乎有沙塵開始湧入，我吸吸鼻子，準備面對接下來會發生的一切。

「妳還記得泡泡要怎麼處理嗎？」

「什麼？」

「戳破就好了。」

話音未落，我們耳邊灌入「啵」的一聲，近在咫尺卻又格外遙遠。

沙塵如浪，將我們吞吃殆盡。

第六日

神說，我們要照著我們的形象，按著我們的樣式造人。

*

不到24小時再度被送進醫院，還能躺在這裡說話聊天，也算是不幸中的大幸了。

相較其他傷患，我身處人群中心，因此比較晚被送進醫院，警方似乎也沒料到R圈的巨大泡泡會忽然破滅消失，積蓄在外的沙塵風暴全灌了下來，像房屋坍塌時的破碎屋頂，不過磚換成了沙，瓦則換成了塵。

有看過紀錄片裡那種陷在沙漠之中的古代城市嗎？大概就是那樣的感覺，只差把白骨替換成迷幻神遊的吸毒者，早已被蠹食的衣褲換作時代尖端的奇裝異服，便全然沒有差異了。

最後一刻寄望柏翰是對的，我問了他，他說是他躲在貨櫃裡弄的，電腦連上警方網路，駭進R圈的基地台，停止所有機具功能。

我說：「網路癱瘓蟲？」

柏翰說：「文組不意外。」接著開始說起我完全聽不懂的東西，有夠可怕，之後還是不要得罪他比較保險。

至於泡泡為什麼是在那個時間點破掉，雖然我覺得是柏翰故意選的，不然怎麼可能那麼戲劇化，但他說一切都是剛好，嗯，一切都是剛好。

他先去上廁所，爸媽則在趕來的路上，這裡離市中心有一段距離，接近市區的醫院早就塞滿傷患，喊了幾十年、面臨重大緊急狀況時的災害SOP最後仍是紙上談兵，一團混亂。

分配好病房後，必須住院觀察一天，打兩支針，一支排肺裡面沙塵的，一支消炎止痛，這幾天大概是人生中最頻繁進出醫院的時期了。

整體大概是這樣，至於藥的效用我沒認真聽，醫生隔著口罩說話時我都想著別的事，想著晚餐要吃什麼，想著得救時的情境——

這也是件讓我想不透的事，沙浪是自我背後襲來的，我往前撞倒R之後，卻抓住了另一個人的手，如果熟識的就算了，沒想到竟然是被我當成人質的許語宸。

但我那時並沒看清楚，急急忙忙解下腰間防塵面罩，顧不得集塵罐到底會不會滿出來，先往臉上罩住再說，壓在我身上的語宸也慌亂找著什麼，可被我緊緊抓住，手腳施展不開，像拯救溺水者的浮木。

沙暴馬上淹沒了我們，除了土黃灰黑，什麼都看不見，而砂石似乎無視面罩，從最細微的孔縫中鑽入，刺進眼窩與喉嚨，我忍不住開始咳嗽，眼淚像沒關的水龍頭瘋狂亂流。

上一次經歷類似情形是當兵時體驗催淚瓦斯，長官說只要能在充滿瓦斯的房間裡待滿三十秒，直接放榮譽假一天，可惜沒有人完成這項考驗，幾乎全都撐不到十秒鐘，就像個小白癡一樣涕淚縱橫的在草地上跑來跑去，沾染粉塵的雙手向後撐開，眼睛不能摸不能揉，只能讓風剛好吹進眼睛之中……

忽然有什麼穿過我的全身，我連打了好幾個噴嚏，一口痰積在喉頭隨肌肉上下滑動，我不得不拔下面罩，將痰往旁邊一吐。

混雜砂石的青綠唾液掛在半空中，沿著層看不見的壁障緩緩滑下，我驚訝回望，語宸手裡握著個發藍光的金屬圓盤，製造出泡泡的是這個東西嗎？我記得那天剛進到R圈時有攤販在賣，但是，現在科技實在太進步了吧！

沙雨持續下著，我們無語相視，躲在正好容納兩人的透明泡泡之中，看著圓盤運作維持泡泡形狀，直至救援團隊到來。

最後是她先被救走，而那小圓盤就順勢放在我這了，我從破爛的褲子口袋中掏出，正面寫著大大的R，背面刻有掃描碼，或許有更多她的資訊，讓我能物歸原主。

伸展痠痛肌肉，眨眼叫出眼鏡裡的應用程式，方框對準掃描碼——

叩叩。

「嗯？」

「不好意思，可以耽誤你一些時間嗎？」

*

來者是客。

開玩笑，這裡是醫院，這裡不是我的家，但我還是跟眼前這個黑頭髮的女人說了句「當自己家。」，然後讓她自己拉椅子來坐在床邊。

已經有點習慣躺在床上與人對話，有沒有雙下巴看得一清二楚，不過這好像不是什麼好事就是了。

手裡的名片上寫著「獨醒眾」，是間網路新興媒體，獨跟眾擺在一起文法是正確的嗎？我似乎有看過幾篇他們的新聞，專門挖掘那些別人不怎麼在意的小事，大概也就只有我像我這類的邊緣怪人才會注意到。

「所以……？」

「我是林滒文，獨醒眾的專訪記者，想要為你製作一個報導專題。」她重複了一次剛進門時的話，不知是不是演練多遍，一字不差。

「專題？」出乎意料之外，導致我連「妳好」都忘了說。

「沒錯，想對你做深入報導。」

「不，妳們應該知道現在的情況吧？」

「對，我們做媒體的怎麼會不知道？」

「不，我的意思是，現在大家關注的是R圈的……呃，災情？」
「對，但是我們獨醒眾已經有不同記者處理那邊的報導了。」
「不，就算是這樣，我也是被大家討厭的人對吧？」
「對，對大部分的人來說是這樣沒錯，可是你應該知道，我們本來就是這種比較偏一點的媒體。」
「不，我的意思是，報跟我有關的內容，會被大家討厭吧？」
「對，但是我們無所謂，我們就是強調非主流。」
「不……算了。」我忽然意識到這樣爭下去也是白爭，聳了聳肩，「要問什麼？」
「我這裡有幾題問題依序讓你回答，我會再依照你回答的內容做成專題文字。」
我點點頭，林瀞文手中攝影機具投影畫面至空中，文字明白且直接：

1. 你是誰？

「等一下，」我舉起手，攪亂她的投影，「這個問題是？」
「自我介紹啊，要讓讀者知道你是誰吧！」
「是這樣沒錯，我需要化名嗎？」
這次換林瀞文歪頭想了想，「應該是不用？沒關係，看你。」

「那……L？」我半開玩笑亂胡謅，如果真的要放自己名字的話……

「太爛了吧！這題跳過好了。」

「咦？這不是正式的訪談……？」

「沒關係沒關係，下一題下一題。」林瀞文擺擺指尖，投影畫面重新排列組合成一道新的題目。

2. 根據R的自白，你數度跟蹤並偷窺她，想請問真相是什麼情況？

「我覺得這題目怪怪的，已經傳到變成我跟蹤還有偷窺了嗎？」

「那你可以解釋一下所有事發經過嗎？」她問。

「嗯……是這樣的，」我吞了吞口水，「一開始是我朋友帶我去參加〈洪荒倖存者〉，會場有煙霧構成的鯨魚，妳應該知道我在說什麼，我不小心吸了太大口，清醒之後就發現我在R的個人休息室，然後被威脅跟劃傷，中間過程我完全不清楚。」

「那怎麼會有錄影畫面？」

「我的眼鏡有時會自己錄影，」我摘下眼鏡給林瀞文看，貼近我眼眶的這側鋼架上閃爍綠光，「妳看，又自己開始錄了。」

「之後也是嗎？那些網路上的影像都是因為這個原因？」

「對，都是。」

「那這個哩？」她手指撥弄，我的右前方彈出另一個畫面，是柏翰空拍機的影像，跟當時我們在醫院看的一模一樣。

柏翰什麼時候傳上去的？

「這個是我一個朋友……」

「現在是？」

不知是剛好還是刻意，上完廁所的柏翰從病房入口現身，滿臉疑惑，林瀞文回頭望了望他，又轉過頭來，「他是？」

「呃、我朋友。」

「是那個弄空拍機那個嗎？」

「你們先繼續，我先不打擾你們好了，有要喝點什麼嗎？」

柏翰搶在我回答之前開口，我點點頭，對林瀞文說道：「妳要喝點什麼嗎？」

「不了，我這裡有水。」

「真的嗎？」

「真的，」她語氣嚴肅起來，投影畫面變換，「我們先看一下第三題。」

3. 有預料過事情會變得如此一發不可收拾嗎？

「那幫我買青鬼汽水，小罐的就好。」越過投影，語句拋過林瀞文頭頂。

「喔好啊，但那種東西能喝嗎？有夠化學。」柏翰反問。

「突然很想喝，偶爾放縱一下……妳真的不喝？」

「到底多想請我喝飲料？」林瀞文似乎迅速翻了個白眼，但快到我無法掌握確實證據，看來真的是個專業人士。

「不，沒有要請妳的意思，就單純怕妳口渴。」

「我不要喝，你先回答問題！」

「好，」先不管柏翰，我手掌攤開擺在胸前，重新閱讀了一次題目，「……預料嗎？不，絕對沒有這樣想過。」

「所以原先只是出於無心，結果導致現在這樣的重大傷亡案件。」

林瀞文下結論似的說道，可我怎麼聽怎麼刺耳，出聲反駁，「不對吧！不能這樣說。」

「嗯？要怎樣說？」

「如果因為我跟R有所牽扯，就直接推導成我們造成這樣的意外，等同於把所有的錯都怪在我身上了啊！這樣我也太衰。」

「但是如果你一開始沒有跟朋友去參加〈洪荒倖存者〉，你就不會被劃傷，也就不會有後續的事情發生了吧？」

「那是因為李典……因為我朋友邀請我去。」

「那我說的沒錯吧？」她重複確認，等等，她聽得懂人話嗎？

「如果要這樣算的話，妳覺得我能控制沙塵暴不要來高雄嗎？能控制R要不要辦演唱會？能控制空氣清淨機要不要被偷搬去用？能控制妳們獨醒眾要不要來採訪我？」

「抱歉抱歉，你先不要生氣，」注意到我口氣裡的不悅，林瀞文連忙傾身道歉，衣領銀扣發光奪目，「我的意思其實是因為現在很多人在傳，說你跟R其實早就串通好了，你只是在演苦肉計……」

「什麼鬼？」

「就是說這一切都太過巧合了，還有人上去爆卦，自稱是你的密友。」

「啊？真的假的？」

「當然是真的，所以你看我們第四題。」

4. 你所有行為的動機，都是出自於自身意願嗎？還是其實跟其他人有所關聯？

「我一直沒看社群軟體，這是你們推論出的疑問嗎？」

「對，或許你可以在這裡澄清一下？」

「嗯……」我想了想，雖然仍有些不悅，不過聽起來不差，姑且先接受這個機會，「自身意願嗎……？算是吧，但是我可不是自願被打被抓的。」

「那是？」

「應該說我一開始的想法很簡單，在被弄傷之後，就覺得這樣表裡不一的人憑什麼得到大眾支持，所以想要找出更多證據，告訴大家R不是大家想像中的那樣。」我實話實說，毫無保留。

「不過你也知道R本來就是強調用武力推翻現有政府對吧？」

「對，但是我不覺得她對我做的事情符合她口中的正義。」

「正義？」

「就是……MV也好，宣傳也好，她似乎一直都打著政府失職失能，或是體制殺人的旗幟，所以需要她來解救眾生，但她的作為卻跟說的不太一樣。」

「作為是指檯面上跟私底下嗎？」

「對。」

「但是，這是不是有牽涉到所謂隱私問題？」

「有，這的確有，但是，」我想了想，斟酌字詞，「隱私不應該建立在私刑與欺瞞之上。」

「好，知道了。」林瀞文點頭，在手機裡快速輸入著什麼，接著空中畫面轉換，「最後一題。」

「咦？這個是？」

「你不知道嗎？現在有你的後援會了喔！」林瀞文這樣說道。

5. 你有什麼話想對支持你的人說？

＊

林瀞文離開之前跟我保證這兩天就能看到專訪內容，她會再寄給我，我跟她揮手道別，還來不及細想剛剛的對話內容，爸媽就衝進病房裡來，嘰哩呱啦碎唸一堆。

雖然強烈感受到了他們的關心，但也令人煩悶無比。

怎麼會這樣？發什麼神經？打給你怎麼都不接？也都沒有回撥給我們！昨晚跑去哪了？前晚跑去哪了？柏翰跑去哪了？怎麼會傷成這樣？傷口會不會很痛？跑去刺青？刺青之後怎麼找工作？有錄取通知嗎？有在準備考試嗎？不是說在顧家，怎麼跑出去？李典毅是誰？什麼時候開始抽菸？抽菸對肺部好媽媽不是說過很多次了？現在空氣那麼差，肺腺癌的那麼多，光是吸空氣就會得癌症了，更何況是抽菸？到底有沒有在聽？每次都這樣敷衍，啊你之後是要有什麼成就？午餐吃了嗎？會不會口渴？要喝水嗎？昨天有洗澡嗎？你知道我們看到新聞的時候有多擔心嗎？你自己不會想，也要為我們想一下，都幾歲了？長那麼大了也要好好規劃之後……

我有些無法承受，呃呃啊啊支支吾吾，爸媽把帶來的食物放在一旁櫃上，全都是健康的蔬食水果，我又被迫聽了一段蔬果有益身心論，他們才終於切入重點。

「什麼時候可以出院？」爸問。

「明天早上。」我回。

「幾點？」

「十點左右吧。」

「呼吸還順暢嗎？哪裡有縫？」媽問，比我還焦急十倍。

「還可以，額頭2針，左手這裡5針，」我邊說邊拉開衣袖，像展示某種非主流的怪異收藏，同時克制想伸手去抓的衝動，「右手這邊7針。」

「縫到7針這麼多喔！真是的，不知道會不會留疤。」

「應該是不至於啦！妳兒子很勇健的。」我不太敢看媽的眼睛，露齒乾笑兩聲。

「勇你的頭，之後你就知道。」

「叔叔，阿姨。」

「啊柏翰啊你回來了。」

「對啊，去買東西，外面沙塵比較小了。」

提著飲料的柏翰帥氣回歸，分散掉爸媽注意力，我癱回床上，抬頭盯著天花板，天花板上黏著橢圓形的灰黑物體，一隻觸手從灰黑物體尖端伸出，詭異頻率來回蠕動，讓人渾身不對勁。

林瀞文剛剛的那些問題，到底有什麼目的？

自動忽略掉媽與柏翰的對談聲，我忍不住回想她提到的問題，很多明顯都是先入為主、想要帶風向的題目，但是為什麼要這樣？是因為她最後說的……我的粉絲團？這樣有什麼市場？粉絲團裡面的人跟她們公司的客群有重疊，所以藉機捧我？這樣聽起來也怪怪的。

還有像是先講一段明顯偏誤的情境，後面卻是要詢問事情真相，到底是大家全都相信那些錯誤資訊，還是要製造我在狡辯反駁的氛圍？之後她忽然冒出關於我主動去找R麻煩，導致現在這種情況的結論也很讓人匪夷所思。

嗯……愈想愈暈，有點不想閱讀文字，連手機也懶得打開，爸媽她們忙著找柏翰討論事發的所有細節，我閉上眼，打算暫且休息一會。

「這是什麼飲料？這能喝嗎？」

嗯？等等？媽在說什麼？

「怎麼浪費錢買這個？柏翰是他叫你買的吼？」

我仍閉著雙眼裝死，但照這個事態發展下去——

「喝這個不健康還一直喝，我等一下帶回家放，明天拿去公司請同事喝……」

不會吧！我就知道，算了，煩，還是先睡比較實在。

晚安。

*

「你確定她是記者？」
醒來聽到的第一句話就這麼尖銳，我對著柏翰吐了口臭氣，「我的飲料勒？」
「被你媽帶走了。」
「他們走很久了嗎？」
「快兩個小時前吧？他們看你睡很熟，就不叫你了。」
「好喔，他們有說什麼嗎？」
「問說明天出院要不要來載你。」
「嗯嗯。」
「你來載我好了。」我沒有多想，跟爸媽相處還是有些尷尬。
「那你有沒有水？」
「桌上有水果。」
「我是說水。」
「有，這裡。」柏翰遞水過來，空中投影出一篇文章。

*

R圈事件簡易懶人包

我知道風向很亂，但是總歸來說就是一個自導自演的案件，目的是要將R的演藝還有政治生涯推向高峰，只不過在最後一刻被破壞掉了，所以才會有這麼多人受傷，截至目前（5月1日）應該超過三千人還在住院，我看R這次可能很難振作，除非R粉們還是跟之前一樣不離不棄，她的大便也說好吃，不然真的就一蹶不振了。

我稍微整理了一下事件始末供大家參考，有要補充的可以留言或是私信給我，我會再補上去。

1. 4月28日變態男參加位於鐵路新村地下道的〈洪荒倖存者〉，闖入R休息室裡的廁所，現身時遭R劃傷胸口，因而懷恨在心。
2. 4月30日變態男混入〈沙塵暴中的祕密集會〉演唱會現場，曾在入口處旁的工作人員休息室與負責安檢的小組長有過爭執，並將4月28日眼鏡側錄的廁所畫面交給小組長，使影片在群組裡流傳，最後成功入場。
3. 安檢組在變態男入場後，集結人力將他逮捕軟禁，同時變態男上傳被圍捕時的影片。
4. R在第一日的壓軸演出時，在眾人面前揭開自己的真面目，是個可愛女孩，同時哭訴變態男的種種惡行。
5. 同時變態男逃離軟禁小房間，幾個小時之後，R發布追緝令。

（疑點一：在這段期間，網路上開始出現眼鏡側錄與空拍機拍攝的片段影像，包括變態男逃出小房間時，疑似R的哭喊。）

6.變態男與另一人（身分不明）在眾人圍捕之下尋求警方庇護。

7.5月1日變態男忽然出現在演唱會現場的第八區，同時投影畫面顯現另一頭黑色鯨魚，與R的MV裡出現的一模一樣，警方也在此時從第八區突入攻堅。

8.當時正是R的表演時間，空中白鯨與黑鯨交戰，吊鋼絲的R與變態男相會於廣場中央。（疑點二：如果變態男是要被追捕的人，怎麼可能還會幫他用特效製作一隻黑色鯨魚？）

9.籠罩R圈的巨大泡泡破滅，沙塵灌入會場。

這應該不用分析太多，光是疑點一的空拍機跟疑點二的鯨魚，還有那個和變態男一起逃亡的男人，就知道這絕對不是個人所為，是有團體在背後撐腰，請問有哪個團體會跟R硬碰硬？政府？警察都不敢衝了，會派一個不可靠的變態去亂戳亂惹？

加上最後真的是太扯了，那頭黑色鯨魚本來就是要呼應MV內容的吧！隨便派一個人讓他演反派太沒說服力，就透過這一連串的紛爭來凸顯，這樣一切就都說得通了。

所以這絕對是R團隊的自導自演，如果你有更合理的推論，也歡迎留言討論，然後理性勿戰謝謝。

*

「幹……」嘴裡的水差點流進氣管，看完腦都醒了，這跟我在第八區鐵門大開時的推論差不了多少，完完全全被R給陰了，又是一個除了我們以外，社會大眾絕對會被誤導、澄清起來也沒有用的情況。

「你有跟R串通嗎？」

「怎麼可能。」我沒好氣回他，媽的，胸口的刀傷又開始痛了。

「我也這樣覺得。」

「那你問屁……而且為什麼你會身分不明啊？我就被肉搜得要死要活。」

「人品差異？」柏翰開口，真想一拳揍爆他的門牙。

「最好。」

「或是發這篇文的，其實是R的人，網軍之類的。」

「但是，為什麼要這麼做？」

「我不知道。」柏翰回道，繼續瀏覽其他類似文章。

病房裡沒有電視，我也沒有什麼氣力繼續追根究柢，林瀞文到底是不是善類好像也沒有那麼重要，就再等一下吧！這幾天下來早就承受太多有的沒的了，包括李典毅的背叛——

他真的是背叛了我嗎？還是因為有不得不為之的理由？雖然說是好多年的朋友，我對他真正的了解程度似乎遠遠比不上我自己以為的，有可能他才是操盤手，有可能不是他，是刺青師Fya，可能他們都沒想太多，也有可能是柏翰，是許語宸……

我想起那個製造泡泡的小圓盤，摸索一番才從棉被裡找出，眼鏡對準識別掃描碼，幹，眼鏡沒電了，也太衰了吧！我一定要去改運。

嘖了好大一聲，驚動低頭的柏翰，他看著我，我看著他，彼此久久不發一語，直到我的肚子咕嚕作響。

「怎樣？中猴？」

「你要幫我買晚餐嗎？」

「除了我還有誰會幫你買？R嗎？」

「說不定喔。」我說。

「好喔，那你要吃什麼？」

「不知道欸，啊，順便幫我買青鬼汽水。」

*

吃飽後睡睡醒醒，醒醒睡睡，似乎無法真的一夜好眠。

似乎已經完全脫離閉上眼就能一覺到天明，或是稍微瞇一下半天便憑空消失的人生階段，好久沒有好好睡上一覺，可能這就是長大的感覺吧！

身體還是很累，雖然總是說睡眠治百病，但功效應該沒有那麼迅速直接，柏翰先回家了，說明早再來接我，我拿出手機，把社群網路的APP下載回來，這次學聰明了，直接從設定那裡關閉私訊與評論功能，專心當個潛水員。

一字排開全是R圈相關新聞、受傷人數統計、高雄市警察局長的記者會、意外發生時的影像片段、同溫層的酸言酸語、電子媒體社論、論壇精選回文、圖文懶人包、總統的公開談話……？也是啦，這麼大的事情，總是有人得出來安撫人心。

但這都不是重點，我稍微找了一會，果然有R發表的相關聲明。

道歉聲明

本人駱梓帆（藝名R、綽號小駱）於二〇七〇年4月30日及5月1日於高雄自由閱覽室前舉辦之大型演唱會〈沙塵暴中的祕密集會〉與〈新世界〉，因非法占用366台公用空氣清淨機、阻礙交通、拒絕警方驅離，以及設備問題導致超過千人受傷之憾事，願與贊助商新智氣泡科技股份有限公司共同賠償所有醫療費用，承擔法律責任，並在此致上最真摯的歉意。

駱梓帆

新智氣泡科技股份有限公司　敬啟

二零七零年五月一日

比我想像中簡短許多，再往下翻找，是R的直播影片。

背景是整面曾經素白的牆面，似乎仍是醫院，不時有醫護人員與傷患來來去去，她頭上包著紗布，燈光打在凌亂棕色頭髮上，耳飾規律閃爍綠光。

還是一樣的面無表情，像冰冷塑像，塑像對著一旁點頭後正視鏡頭，緩緩開口道：「各位親愛的朋友們，我是R。」

「身為這次事件的始作俑者，我感到非常抱歉。或許正在觀看這段影片的朋友們，已經開始出現厭惡之情，認為我這個加害人有什麼資格在這裡說三道四，覺得這全部都是我與團隊的計謀，利用危險的事情來吸引無知的年輕人，假裝被變態騷擾，藉此演一場欺騙全世界的戲，或是開始人身攻擊，攻擊我所擁有的一切以及我的所作所為。沒關係，我知道這是我必須承受的風險以及後果，因此無論各位怎樣謾罵與羞辱，我都願意虛心接受。」

氣氛凝重，R低著頭，嘴角繼續蠕動，「而支持我與愛我的朋友，我很抱歉讓你們失望了，讓你們必須與我共同承擔這些痛與傷，我們失敗了，而且摔得不輕。但我要說的是……」

忽然有畫面蓋過影片，是李典毅打來的視訊電話，我思考了兩秒，果斷按下通話鍵。

「喂？」

「欸幹，抱歉。」投影中的李典毅一臉憔悴，脖子有被勒傷的痕跡，右前臂義肢不知跑到哪去了，但還殘留著連接肌肉皮膚的基座，像被猛力拉扯過，電線與零件外露，紅色故障燈閃爍。

「你還好嗎？」

我應該要先生氣的，但不知為什麼沒發作，李典毅的右眼綠光不停閃爍，明顯接觸不良，眼眶整個腫了起來，是被揍了一頓嗎？

「不好啊。」

「看得出來。你在哪？」

「醫院，靠近小港這裡的。」

「什麼時候出院，我明天就可以閃人了。」我說。

「還要一陣子吧，我眼睛要開個小刀。」

「很嚴重嗎？」

「還好。」

「保重……啊你的腳勒？」

「腳沒事。」

「嗯嗯，一樣保重。」

「我知道。」李典毅頓了頓，「你怎麼會有我另一支手機的號碼？」

「哪一支？」

「工作那支，就是那天你在急診室我說組長一直打來那個。」

「喔喔，那天我在自由閱覽室時你打給我，說啊用錯支手機，我的手機有紀錄號碼。」

「幹，就因為後來你要用筆電時打這支給我，被R這邊的人發現了，所以才會有後續這麼多幹事發生。」

「你的意思是第八區出現的鯨魚，跟門忽然一起打開後兩邊集結一群人開始幹架，都是R他們故意用的？」

「對啊幹你娘勒，網路上的懶人包什麼的很多也都是假消息在亂傳，我也沒辦法幫你，你看我的手，幹，這當初裝花很多錢欸。」

李典毅看起來不像在騙人，真糟糕，我現在反而不太忍心苛責他，就暫且這樣吧！之後再來酸他好了，見一次酸一次，以作為補償。

「唉，什麼時候決定讓我當替死鬼的？」

「什麼？」

「就是決定讓我成為R的MV故事裡的反派，跟黑色鯨魚一起出現，然後在廣場跟他對質之類的。」

「我也不知道，在你被綁起來，她公開長相之後吧？」李典毅的語氣有點無奈，這也難怪，畢竟他一直都是R的死忠粉絲。

「這麼短的時間內？」

「你也知道R團隊的工作效率，每個都跟怪物一樣。」

「那……你還愛她嗎？」我忽然想到這個問題，沒多做思考就扔了出去。

「什麼爛問題……」
「就是字面上的意思，都遇到這樣的事了，你還愛她嗎？」
「我說過了，我崇拜誰跟我要幫誰，一直都是兩回事，懂？」
「兇屁喔幹。」
我笑出聲，李典毅也跟著我露齒，笑聲迴盪在深夜的安靜病房之中，我們又聊了一會，才終於掛上電話。
螢幕跳回直播畫面，似乎已經到了最後，R對著鏡頭微笑，不知為何，我竟然覺得有股不符合她年紀的蒼涼之感。
她仍微笑著，清清喉頭，嘴吐最後幾字，「不論如何，現在我們身處之處，都已經是新世界了。」

第七日

神賜福給第七日，定為聖日。因為在這日，神歇了他一切創造的工，就安息了。

*

例行清淨日提早自清晨開始，下了兩個半小時的大雨後才停歇，沙塵暴已經停息了，整座城市被水浸濕，微風吹拂，髒污隨著水流在地面與磚瓦上流來流去。

柏翰說要在醫院門口等我，我走得慢，雖然不需要用到拐杖，可身體肌肉仍然又累又僵硬，加上換穿了爸媽帶來的衣物，可能會摩擦到傷口，因此我要他慢來就好，不需要太早到。

沒想變成是我在等他。

看了網路新聞，R今天一早就被警方帶走了，還是不知道她的最終計畫如果成功了會如何，真的會改變這個世界嗎？能改變這個過分膚淺，沒有人在意真相如何的社會嗎？

我也沒有答案，或許我才是壞人，阻礙了社會進步，阻礙了光明未來。

不過，大家真的在乎嗎？明明前幾天罵我罵得要死，今天卻又開始有許多人支持我、幫我加油打氣，換作是別人，也會遇到一模一樣的狀況吧！

就只是想要有個心靈寄託，來確保有人跟自己的想法或價值觀一致，以提升自己存在的價值。

是這樣嗎？

掏出手機，林瀞文寄了稿件給我，看來是連夜趕工出來的，她們那個產業分秒必爭，還沒經過我再次確認就公開發佈了，我也不是什麼國文小天才能幫她潤稿，只希望別寫得太誇張。

崛起！新世界的反抗者！

等等，這什麼鬼標題？

我心頭大感不妙，趕緊往下滑動螢幕。

*

是否曾想過，我們在對抗鯨魚時，也創造了另一隻更為貪婪的存在？

打著反抗旗幟迅速竄紅大街小巷的鬼才音樂人R，在〈新世界〉演唱會中發生了影響整個社會層面，稱為「R圈事件」的意外事故，而之所以會發生如此事故，跟我們這次專欄對象有著極大關聯。

被大家喚作「變態男」的他，看起來溫文儒雅，全然沒有主流媒體描寫得那樣不堪，除此之外，他還有著不容小覷的堅毅。

雖然網路上的主流意見充斥著R自導自演一切事件的陰謀論，但在獨醒眾抽絲剝繭之下，我們的特派記者林瀞文前去醫院獨家專訪到了同樣受傷嚴重的變態男，詢問了一些相關問題，想了解他的想法與事情的過程和真相。

1. 根據R的自白，你數度跟蹤並偷窺她，想請問真相是什麼情況？

變態男（之後統一使用「變」字指稱）：「我覺得這題目怪怪的，已經傳到變成我跟蹤還有偷窺了嗎？」

林瀞文（之後統一使用「瀞」字指稱）：「那你可以解釋一下所有事發經過嗎？」

變：「是這樣的，一開始是我朋友帶我去參加〈洪荒倖存者〉，會場有煙霧構成的鯨魚，妳應該知道我在說什麼，我不小心吸了太大口，清醒之後就發現我在R的個人休息室，然後被威脅跟劃傷，中間過程我完全不清楚。」

瀞：「那怎麼會有錄影畫面？」

變：「我的眼鏡有時會自己錄影，妳看，又自己開始錄了。」

瀞：「之後也是嗎？那些網路上的影像都是因為這個原因？」

變：「對，都是。」

瀞（秀出空拍機畫面）：「那這個哩？」

變：「這個跟我一點關係也沒有，我也不知道是誰弄的。」

2.有預料過事情會變得如此一發不可收拾嗎？

變：「……預料嗎？不，絕對沒有這樣想過。」

瀞：「所以原先只是出於無心？」

變：「不能這樣說。」

瀞：「那要怎樣說？」

變：「如果因為我跟R有所牽扯，就直接推導成我們造成這樣的意外，等同於把所有的錯都怪在我身上了啊！這樣我也太衰。」

瀞：「但是如果你一開始沒有跟朋友去參加〈洪荒倖存者〉，你就不會被劃傷，也就不會有後續的事情發生了吧？」

變：「那是因為我朋友邀請我去。」

瀞：「所以？」

變：「如果要這樣算的話，妳覺得我能控制沙塵暴不要來高雄嗎？能控制R要不要辦演唱會?能控制空氣清淨機要不要被偷搬去用?能控制妳們獨醒眾要不要來採訪我?」

瀞:「抱歉抱歉,你先不要生氣,我的意思其實是因為現在很多人在傳,說你跟R其實早就串通好了,你只是在演苦肉計……」

變:「什麼鬼?這一切都只是單純巧合。」

3.你所有行為的動機,都是出自於自身意願嗎?還是其實跟其他人有所關聯?

變:「自身意願嗎……?算是吧,但是我可不是自願被打被抓的。」

瀞:「那是?」

變:「應該說我一開始的想法很簡單,在被弄傷之後,就覺得這樣表裡不一的人憑什麼得到大眾支持,所以想要找出更多證據,告訴大家R不是大家想像中的那樣。」

瀞:「不過你也知道R本來就是強調用武力推翻現有政府對吧?」

變:「對,但是我不覺得她對我做的事情符合她口中的正義。」

瀞:「正義?」

變:「MV也好,宣傳也好,她似乎一直都打著政府失職失能,或是體制殺人的旗幟,所以需要她來解救眾生,但她的作為卻跟說的不太一樣。」

瀞:「作為是指檯面上跟私底下嗎?」

變：「對。」

瀞：「但是，這是不是有牽涉到所謂隱私問題？」

變：「有，這的確有，但是，隱私不應該建立在私刑與欺瞞之上。」

4. 你有什麼話想對支持你的人說？

變：「咦？這個是？」

瀞：「你不知道嗎？現在有你的後援會了喔！」

變：「完全不知道。」

瀞：「後援會的宗旨是推翻過於壯大與狂妄的R，避免社會秩序被破壞與道德淪喪，並減少人們對於這種邪教魅力型領袖的崇拜。」

變：「這個理念也太崇高了吧！我擔當不起。」

瀞：「如果他們推崇你做為新任領導者，你有什麼想法。」

變：「絕對不要，我只是個平凡人，他們玩他們的，我過我自己的生活。」

5. 最後還想要傳達什麼理念？

變：「理念嗎？好像也沒有什麼好說的。」

瀞：「對於所有發生的事情都沒有嗎？」

變：「沒。」

由於探病時間有限，獨醒眾也不想耽誤太多變態男的時間，因此專訪內容並不特別冗長，但是，光是短短十幾分鐘的相處時間，便能感受到他不同流合汙的瀟灑氣度，或許對他來說這一切都只是過程，而堅定自身想法，就能繼續走下去。

*

我到底看了什麼？

內容跟昨天的實際訪談有出入就算了，首尾根本就是要把我捧成另一個值得大家追隨的人，什麼對抗怪物時製造了另一個怪物，你們不也正在做同樣一件事嗎到底？

這個國家的媒體，還有哪家是值得信任的？

這樣做不就跟Ｒ一樣了嗎？

我有些生氣與無奈，抬頭一看，一台銀白轎車無聲駛近，車頂裝著ViveR招牌小燈，車窗搖下，柏翰對著我揮了揮手，渾身懶洋洋的。

「你沒有騎車？」

「太麻煩了，而且ViveR又有優惠了。」

「咦？」我拉開車門，探身進入後座，年輕駕駛頭戴刺著ＫＳ的潮牌鴨舌帽，對我說了聲「你好你好」。

「新世界的優惠，有麥當當折價券，等等去吃。」柏翰說。

「啥？」

「然後順便去自由閱覽室附近晃晃，現在在拆舞台，見證一下歷史的一刻。」

*

的確，就Ｒ的說法，現在已經是新世界了。

雖然好像除了許多企業搶搭熱潮推銷自家產品，以及整座城市動起來清理善後沙塵暴的災損外，沒有什麼特別改變，大家還是過著各自的生活，堅持自己的見解，謾罵自己討厭的人事物，但就是有股說不上來的感覺，悶在胸口，改變吸進肺裡的空氣味道。

不知為何想起了《來自溫柔之鄉》那本廢書的電影版，跟結尾的感覺有些相像，都是某種如釋重負，某種對未來的全新展望。

某種對未來的希望大過於因未知而產生恐懼的時期。

我們一路上沒再多說什麼話，順手把獨醒眾的專訪連結丟給柏翰，他只說了句：「字好多，不想看。」

「看一下啊，我難得成為專訪對象。」我語帶揶揄，但他仍沒什麼反應，反倒是駕駛聽見了關鍵詞後興致勃勃，開始問東問西。

「我是不是那天就有載過你們？沒有沒有，只有載你，你們還在那邊分薯條分超久。」

「對啊。」

「結果你竟然就是那個被R說是變態的人！」

「呃……對。」

「真的很厲害欸！竟然為了揭發那個壞人的真面目，被這樣栽贓誹謗都還撐得過去，如果是我早就躲在家裡不敢出來見人了。」

「哈哈……是喔！」我不擅長這種場面，乾笑幾聲，柏翰別顧著看窗外！怎麼還不來救我一下啊！

「對啊！但是還是很多人相信那個假新聞啦，在那邊說一堆有的沒有的。」

「是喔，什麼假新聞？」

「就是說其實你跟R串通好，其實是為了幫助她更上層樓之類的，但是怎麼可能嘛！你們沒有串通吼？」

「當然沒有。」我回道。

「對啊！有哪個男人會願意被貼上變態啊、色狼啊、癡漢啊的標籤嘿，再怎麼被威脅利誘，都不會有男人想主動做這種事啦！」

「對欸！」

我莫名起了雞皮疙瘩，駕駛的切入觀點我怎麼沒想過，看來還真的有不同的聲音在這整個社會中流動，只是我們太常被自己的生活經驗或生活範圍給限制住了，導致無法真的聽懂或看清楚別人的想法。

於是我們與大多數人都一樣，困在了對與錯裡頭，困在了非黑即白之中。

我點頭稱是，轉過頭，打算跟柏翰分享我的心得，他仍看著窗外，卻忽然開口說道：「這裡，我們在這裡下車。」

「這裡是？」下意識看往另一邊，車窗外頭人車交雜，「四維三路？」

「沒錯，新地標。」柏翰邊說，伸手付了帳，嗶嗶兩聲，換得麥當勞折價券，等等吃午餐時的必要之物。

我們跟駕駛道別後依序下車，站在人行道上，空氣難得如此清新，吹在臉上的風似乎比醫院門口更加強勁，我不由自主對著柏翰說了句「風向變了」。

他回我：「你是在說現實還是網路？」。

我聳了聳肩，不予置評。

中央分隔島不知什麼時候被圍上封鎖線畫大範圍，兩旁道路縮減，而線內站了幾個打扮雅痞的年輕男女，我們趁紅燈時穿越馬路，跨進封鎖區域之中，走至柏翰說的新興地標之前。

封鎖範圍中央倒插了一台舊式飄浮打檔車，車頭在下，車身懸在半空，不知道是哪個王八蛋把車喬成這種角度，像是某種造型奇葩的墓碑，甚至有幾束鮮花擺在貼近地面的後照鏡旁，紙卡寫著「永遠祝福你，變態的車。」

真是惡趣味。

車是第一代油電混合，車殼幾乎摔成了碎片，車身裂痕刮傷滿布，滿地刺鼻油氣，我熟悉得不得了，是我騎了好幾年的寶貝愛車。

眾望所歸？得其所哉？我在腦中估量用詞，盡量不讓自己那樣不捨。不過，這樣也能成為景點嗎？會不會太過膚淺？

「酷吧！」柏翰說道，邊用手機拍正在機車前裝可愛的白痴網美。

「酷。」我敷衍回應他，手插口袋準備掏出手機拍照，卻摸到了另一個東西。

製造泡泡的黑色小圓盤。

都忘了還有這東西存在，我愣了愣，將圓盤翻面，眼鏡對準識別碼，嗶嗶——

鏡片彈出許語宸的基本資料與電話，不僅如此，掌中圓盤突然開始震動，似乎被我不小心觸動了某種開關。

下一秒，一層薄膜穿透我的全身，將我籠罩在內，泡泡顏色略帶粉紅，充滿少女情懷。

如夢似幻。

（全書完）

【後記】

我是那種一天到晚遇到各種莫名其妙之事，但幸運之神多少還是會眷顧一下的人。

會有這樣的感受，是因為那天和語宸閒聊時，她忽然說：「你知道鯨代表重生的意思吧？」

我說：「什麼？我不知道。」

語宸：「你真的很誇張！到底……」

這段對話大概發生在收到秀威通知過稿的前幾天，這部作品完成的三四個月之後。

作品完成了，才發現與一些特定意象重合，讓我想到出版第一本小書《莉莉絲》時，同樣也是在出版後不久，我才偶然得知莉莉絲原來是神話跟聖經裡面的魔女，恰好跟書裡的主角和內容相互對應。

聽來荒謬，但這樣的事情似乎時常發生，我都跟別人說寫作時的我是被附身了，偶爾回頭翻找曾寫過的東西，大多像是在看別人的作品一般，沒有印象的橋段與對話、沒有想過的概念與連結、沒有發現的細微轉折與情感……接著就會產生「原來我寫得出這種東西啊！我真厲害。」的想法來。

真的很怪，也很幸運。

不過這也是有趣的地方，看著自己寫的東西卻記憶全無，就像是小說會出現的情節一樣，這樣似乎也是不錯。

總之，這部作品是從一些對於媒體與網路的觀察發想而來，我們處於一個接收資訊非常方便的地方，基本上所有你想知道的事情，只要動動手指，資訊便能一覽無遺，但是，我們真的是接收到「正確的資訊」嗎？還是我們只想知道「自己想知道」的事、只接受「自己想接受」的東西？又，個人崇拜膨脹到極致之後，其他人能做什麼？社會大眾有辦法容忍不同的聲音嗎？主流之外的想法又是如何？我們該如何面對？

大概是抱持這樣的想法來寫這本書的。

最後，這本書能出版，還是必須感謝非常多的人，每次都第一個給我回饋的語宸、整天陪我胡言亂語的柏翰、準備要開酒吧的典毅、秀威資訊的齊安編輯和慈蓉編輯、一直不太清楚我在幹嘛的爸媽和姐、願意買我的書的親朋好友與讀者……繁不及備載，請諸位見諒。

最後，若是各位看了這本書，覺得「哇！這太棒了！」，覺得「會不會有續集？」，我不能跟各位打包票，但其實多少有在構思一些關於「游擊園丁」、關於「藤蔓」、關於「城市植物」的東西，希望之後有心力能將之統合成另一部作品。

以上，謝謝各位。

陳建佐　Chazel　2019／07／22

語言文學類　PG2323　SHOW小說49

鯨滅

作　　者 / 陳建佐Chazel
責任編輯 / 喬齊安
圖文排版 / 林宛榆
封面設計 / 王嵩賀

發 行 人 / 宋政坤
法律顧問 / 毛國樑　律師
出版發行 / 秀威資訊科技股份有限公司
114台北市內湖區瑞光路76巷65號1樓
電話：+886-2-2796-3638　傳真：+886-2-2796-1377
http://www.showwe.com.tw
劃撥帳號 / 19563868　戶名：秀威資訊科技股份有限公司
讀者服務信箱：service@showwe.com.tw
展售門市 / 國家書店（松江門市）
104台北市中山區松江路209號1樓
電話：+886-2-2518-0207　傳真：+886-2-2518-0778
網路訂購 / 秀威網路書店：https://store.showwe.tw
國家網路書店：https://www.govbooks.com.tw

2019年10月　BOD一版
定價：280元

國家圖書館出版品預行編目

鯨滅 / 陳建佐Chazel著. -- 一版. -- 臺北市 :
秀威資訊科技, 2019.10
面； 公分. -- (語言文學類 ; PG2323)
(SHOW小說 ; 49)
BOD版
ISBN 978-986-326-738-6(平裝)

863.57　　108014922

讀者回函卡

感謝您購買本書，為提升服務品質，請填妥以下資料，將讀者回函卡直接寄回或傳真本公司，收到您的寶貴意見後，我們會收藏記錄及檢討，謝謝！

如您需要了解本公司最新出版書目、購書優惠或企劃活動，歡迎您上網查詢或下載相關資料：http:// www.showwe.com.tw

您購買的書名：________________________________

出生日期：________年________月________日

學歷：□高中（含）以下　□大專　□研究所（含）以上

職業：□製造業　□金融業　□資訊業　□軍警　□傳播業　□自由業

□服務業　□公務員　□教職　□學生　□家管　□其它_____

購書地點：□網路書店　□實體書店　□書展　□郵購　□贈閱　□其他

您從何得知本書的消息？

□網路書店　□實體書店　□網路搜尋　□電子報　□書訊　□雜誌

□傳播媒體　□親友推薦　□網站推薦　□部落格　□其他__________

您對本書的評價：（請填代號　1.非常滿意　2.滿意　3.尚可　4.再改進）

封面設計____　版面編排____　內容____　文／譯筆____　價格____

讀完書後您覺得：

□很有收穫　□有收穫　□收穫不多　□沒收穫

對我們的建議：________________________________

____

____

____

請貼
郵票

11466
台北市內湖區瑞光路 76 巷 65 號 1 樓
秀威資訊科技股份有限公司 收
BOD 數位出版事業部

（請沿線對折寄回，謝謝！）

姓　名：________________ 年齡：________ 性別：□女　□男

郵遞區號：□□□□□

地　址：________________________________

聯絡電話：(日)________________ (夜)________________

E-mail：________________________________